鳴響雪松 *1* Анастасия

阿納絲塔夏

目次

我先為我平鋪直敘的寫作手法向各位讀者致歉，我不是一名作家，我的寫作經驗乏善可陳。這不是一本社會政治新聞的採訪報導，也不是一部虛構的小說、或是奇幻冒險的故事。我沒有辦法定義這本書的類型，雖然書中描寫了各種奇異的情節和現象。這本書講的是一名奇女子的故事，這名奇女子，她擁有療癒人的身體與心靈的天賦。

1 重建

一九九〇年俄羅斯進行改革[1]，企業開放民營。

這對蘇聯人民來說簡直像鬧了場革命，因為不久前財產私有還是椿觸法行為，一不小心就會鋃鐺入獄。

不過其中已有三分之一的人開始期待未來能像西方人那樣，成為富豪，過著衣食無虞的生活。尤其是首都和大城市的居民。

我那時住新西伯利亞，離莫斯科很遠，不過大家一樣趕著創業，不讓三千公里外的首都專美於前。

---

1 指前蘇聯領導人戈巴契夫所推行的經濟改革，又稱作重建（perestroika）。

西伯利亞企業界當時都是小本經營。第一批在市場闖蕩的生意人頂多開個小店、咖啡館，來個零售業就很了不起了，還有辦法弄到不錯的中古設備安裝在半地下室、生產流行塑膠飾品的人，可算是商場大亨了。

我的話，運氣不錯，租了西西伯利亞河運局最大的三艘客輪。其中一艘有三層，餐廳、酒吧、會議廳一應俱全，不但方便我長途旅行，也適合替「西伯利亞企業家聯盟」召開會議。他們推舉我做主席。

我想自己在這一行挺成功的。可惜社會上就是有些人不喜歡企業家。這是當時最大的問題。

俄羅斯在面臨改革之初分裂成對立的兩半。一邊是迫不及待要投入市場、經營個人資產、倣效西方人的生活，認為資本主義沒啥不好的人；踩在相反另一端、對我國新生事物作出強烈反彈的，則是參過戰的退役老兵和蘇聯時期勞動英雄。不過他們的立場也不難理解。

以前每逢節日，這些上了年紀的人總會掛上獎勵勳章，走在閱兵最前面。他們對青年學子發表演說，確信自己為社會主義奮鬥的一生值得尊敬，是正確的路。不過這都是在改革前。現在一切風雲變色。整個社會彷彿在說他們錯了。應該要建立資本主義才對，不是社會主義！一九一七年推翻了沙皇並將之滅門槍決也成了徒勞一場。老先生們佩戴的勳章不再代表往昔的英勇；而是指明了製造這種沒人要的社會制度，自己是第一線作業員。你要他們怎麼向兒女、孫子交代？在改革初期，這種人常走上街頭。

我就參加過一次他們的街頭集會。

與土耳其外商交涉期間的某天，秘書告訴我在新西伯利亞州委辦事處附近，爆發了自發性的示威遊行，人群正蜂擁而至，高喊反企業家的口號。我向土耳其方面的駐派代表道了歉，並決定偕同一群同事前往集會現場。我們深怕附近的小店就要不保，連同賣烤肉串的攤子，都有可能被群眾砸毀。

「不換個衣服嗎？」同仁勸我，「都穿西裝他們豈不是更火？」

「是那樣沒錯，但再不快點就來不及了。」

於是我們駕著兩部轎車飛奔至現場，一台進口賓士，一台國產烏阿茲吉普車，各個西裝筆挺，白襯衫，打領帶。我還像個不折不扣的雅痞，穿純白的套裝一副高雅的模樣。下車後前方的景象讓大夥兒一時傻在那裡。眼前聚集的人數可能多達一千五或兩千，滿是飄舞的紅色旗幟，上面寫著：「資本主義滾出去」、「企業家在吸百姓的血」、「抓住叛黨賊叫他們認罪」。看得出是臨時搭蓋的講台上，一位胸前掛滿勳章的老兵正夾雜著忿恨、聲嘶力竭地喊著：

「我們被出賣了！我們這一代都被出賣了！看看我們這一代！我們在戰壕裡淌血，讓法西斯敗類無法佔領我們祖國！我們在帳篷裡挨餓受凍，還拖著身子蓋了工廠，打造全新的都市！我們創建了社會主義，期盼著共產社會！」

一名殘疾人士拄著拐杖，附和道：「我們什麼苦也不怕！」

另兩名老婦齊聲高喊：「養老金！養老金！養老金！」

看來這附和的聲浪讓台上的講者更激動了。

「絕不能讓資本豬橫行！他們霸佔我們市場裡的肉！賣甚麼烤肉串！砸了他們的攤子！」

他慫恿人群。

這下所有人都跟著鼓譟：「砸！砸！砸！」

「我們為子女奮鬥！不是為他們這種人！」說著，他指向我們一行人。

這時所有人都轉過頭來看我們，瞬間安靜下來，彷彿每個人都暫時停止了動作，下一秒就會往我們身上撲過來。

於是我抓了擴音器很快爬上吉普車車頂，想也沒想，劈頭就說：

「你說你們為子女而奮鬥——而我們在這裡，我們就是你們的子女——我們決定要成為企業家了，不再輸給美國。現在法律支持我們去闖一闖。謝謝你們的奉獻，可惜那不適合我們，我們會自己努力。要是你們開始砸店，那就什麼養老金也拿不到，因為你們的養老金正是靠我們來供奉的。企業家沒有在吸你們的血；企業家只是在替國家盡一份心力的同時，也知道要為自己打算。」

不像我有擴音器，台上講者為了打斷我，必須用吼的。

「現身了吧，帶頭吸人民血的！就是他們這群同夥把食物搜刮一空，搶走我們的肉，製成烤肉串再抬高成三倍價錢賣給我們！才三天，三天就沒肉了！」

然而我語帶平靜，透過擴音器回答：

「你真了不起，同志，奮鬥了一輩子，家裡的肉卻只夠吃三天？」

群眾吵嚷聲瞬間靜止。大家都在聽我們對話，頭轉來轉去，盯著下一個發言的人。不過講者對我這句話絲毫不予理會，逕自朝人群大吼：

「就是他帶頭吸人民的血呀！把他拖下來！看他穿成什麼樣子，這混帳傢伙！」

接下來有各式各樣的東西朝我飛來。兩個醃漬番茄、一顆生雞蛋，啪啦啪啦砸在我雪白的西裝上。頭也中了，醃漬番茄爛成一團。現場待命的警方立刻列隊擋在我的車和即將衝過來的人群之間。

「快下來，小子！我們擋不住的！」警長對著我喊。

但我不想就此撤退，繼續用擴音器大聲地說：

「難道，你千辛萬苦，就為了讓你的孩子穿得跟你一樣破舊嗎？」

幾個人突破警方防線，衝過來搖我的車子。就在這時候，不知道為什麼，我突然唸起馬雅可夫斯基一首讚頌列寧的詩：

是時候了！
容我傳頌列寧的一生。
並非哀悼已沉寂；
乃因揪心之痛
已轉為明晰足以自覺的哀鳴！
是時候了！
讓列寧的口號重新於風中揚起。
仍須鎮日哭哭啼啼？
列寧的精神超越生者，
是我們的知識、力量和武器。

現場凍結了，搖動車子的人全都意外地看著我，忘了動作。此時旁邊有輛載了伏特加的卡車直接穿越草皮，慢慢地開過來。這是我和同事們決定合資、花錢請來安撫群眾的。卡車朝我駛來的同時，我繼續唸詩：

當今之日，生存於乾涸之地，人如擱淺船隻，
渾身吸附汙濁貝類。
但自今以後，你將穿越巨浪，平息風暴，
坐下來貼近金色朝陽，
刮淨鬍子上的青苔綠藻，抹除水母的深紅黏液。
我在列寧的光芒照射下清洗自己，
是為了在革命的汪洋中繼續遠航。

卡車在我的吉普車旁停下。我跳到它後車廂，說：「可惜，同志們，說到革命，英雄所見不一定略同。」

「看見沒？他在耍我們哪！唸首列寧的詩好轉移眾人注意。你們還當真中了他的計！」

演講者又叫囂起來。

「我在學校認真讀書，把詩全刻進腦海，還大聲地朗誦，將父執輩的抱負銘記在心。你們不能公平點，也試著理解後輩嗎？」

「全是幌子啊！拿列寧、拿詩來當掩護的孬種。這種人在吸百姓的血，絕不能輕易放過！還愣在那幹嘛？快把他揪出來教訓一頓！」

一些人被點醒般又咆哮著衝撞警戒線。

「我要大夥兒都好說話所以才唸詩。過來喝一杯吧，像個道地的俄羅斯人。先乾了再說！」

我打開卡車側邊門板，坐到箱子上，迅速開了一瓶伏特加，然後再一瓶，倒進幾個小塑膠杯。我拿起其中一杯喝了一口，對剛才衝過來搖車、但現在已圍在酒杯前的幾個男人說：

「來呀，同志，不要客氣，都喝點吧。不喝點我們哪說得上半句話。」他們早在我開口前就站在那了，一聽見便紛紛拿起酒杯。

「說的也是，有必要讓場面如此失控嗎？有話好說嘛。」留著絡腮鬍的矮個兒發言了。

他同伴接著說：「有適合的酒伴，怎不聊聊呢？」

「同志再撐著點啊，他們衝過來我們就沒法這樣交談了。」另一名喝了酒的男子轉過去對擋住人群的警方說。

「沒錯，他們太吵了，像菜市場一樣，光會破壞男人之間的對話。」附和聲此起彼落：

「我們喝完這一輪就去幫忙啊！」

「當然了，這群英勇的戰士辛苦了。再來一杯吧！」

我倒了更多伏特加。

「你還知道什麼詩？」一名高大的光頭男子以低沉的嗓音問我。

「背得出來的就學校那些。」我回答。

「那就再唸一首學校教的吧，我用擴音器跟著唱。我一喝酒就想唱歌哪。」

「藍色霧海中有艘孤獨的白帆。」我朗誦著。光頭男子對著擴音器，放送他那低沉有力的歌聲。

藍色霧海中有艘孤獨的白帆。
它到遠方尋找什麼？
又有什麼遺落在故鄉？

一大群人突破警方防線往卡車衝來。絕大多數是男人。身材魁梧的光頭男子停止了歌聲，渾厚的嗓音兼具威嚴地大喝一聲：

「排隊！這是男人間的對話，不准給我吵吵鬧鬧！」

跑過來的人都排了隊伍。

對面還有一些人杵在原地，演講者繼續向他們喊話：

「你們看這像話嗎！他想灌醉所有人。婦女們！他在灌醉妳們的男人啊！」

人群中抱怨聲四起，主要是上了年紀的婦女所發出的不悅。

我再度拿起擴音器，向婦女們宣佈：

「請原諒我，各位女士，我完全給忘了。在廣場的另一頭有輛車上載著進口雞腿，是企業家聯盟要送你們的禮物。不是要收買你們，而是想讓大家休息一會兒，別干擾彼此談話。當然我知道要均分給所有人，一車是不夠的，如你們所說。但總有人可以拿到免費的，也不錯，不是嗎？」

眼見一大群婦女，有的快步，有的奔跑，全都湧向載了雞腿的車子。這下子，示威人群兵分成兩路：一半在伏特加這裡、一半在雞腿那裡。我知道大夥已冷靜下來，便和同事回到車內，準備前往我的輪船停泊處。在我抽身之際還聽見：「這人不壞嘛，還差點把他毒打一頓……。」這樣的話從人手一杯的男人們口中傳出。

當時船停在河運站碼頭，餐廳開放作為企業家俱樂部。企業家不分年齡，都來這談談生意，分享彼此的經驗。那在過去未曾品嘗過的幸福人生，正徐徐自海平面上升起：幾乎所有人都這麼想。不過，偶爾也會有一兩個多慮的人闖進來打斷我們絢麗斑爛的夢。

一天，那場集會中的講者來到船上，被警衛攔下無法入艙。但他堅持和我見上一面，於是我出來了，讓雙方有機會自我介紹。這位名為彼得．伊萬諾維奇的男子，徵求進入俱樂部的許可。

「彼得．伊萬諾維奇，您不是否定企業家、反對產業私有化嗎？進我們俱樂部又能做什麼呢？」

「我反對的是生活中不合理之情事。我想向諸位先驅表述我的意見。難道您害怕聽見不同的聲音？」

「拜託，就讓他進來吧，總比號召群眾來場示威遊行好吧。」一名同事見狀提出。

我同意了。

彼得．伊萬諾維奇變成每個禮拜都來。我們約好他發言的時間不能超過五分鐘。原來他以前在教歷史與哲學。雖然鮮少人對他在俱樂部裡發表的言論感興趣，但有時倒也發人深省。我常因此陷入一股思緒，暗自摸索、評估當下生活的意義。

有天，一如往常，他上前對著麥克風向坐在餐桌旁的企業家們發表言論。他說：

「各位，您自認從此一帆風順、過著幸福的人生嗎？在美國，商業早行之有年，企業家人數比俄羅斯多出好幾倍。也許再二十年，我們能趕上美國的生活水準；但同樣這二十年，美國也不會放慢腳步，必然繼續往前超越我們。我們俄羅斯人，並不會因為企業家出現就變得幸福。」

但在當時，改革初期，我們這群新企業家一心只想讓生活條件變得更好，至於生活的意義——我們考慮不到那裡去。

2 鳴響的雪松

一九九四年春天，為了建立西伯利亞極北區的貿易網絡，我的船自新西伯利亞啟程，沿鄂畢河航向北極圈內的城市薩列哈爾德，進行四個月的商務考察。

我們將考察團取名為「商隊」；在三層的大型遊輪上設立商隊的總部，及用來陳列西伯利亞企業商品的展示廳與商店；另外把兩間頭等艙的艙房裝潢成我的包廂，並刻意佈置得很時尚，想在商務談判時給人深刻的第一印象。

商隊預計向北航行三千五百公里，不只造訪較大的城市，如托木斯克、下瓦爾托夫斯克、漢特曼西斯克；也計畫停泊在只有短暫的通航時期才能將貨物送達的小鎮。

每到冬天，西伯利亞各地小村會因鄂畢河結冰和外地失去聯繫。

通常船隊趁夜裡航行，白天則定點停靠在一般城鎮，靠船員鳴響汽笛、大聲播放音樂來吸引當地居民。交易於這時進行。我們向居民收購珍貴的魚貨及泰加林的莓果、越橘、乾香菇、皮革毛料，並和當地漁夫、獵人商議常態性的貿易往來。

若夜間天氣不利於航行，總部會尋找最近一個有人居住的點靠岸，為那邊的年輕人辦海上派對。這種活動在當地不常見，因為這幾年蘇聯時期的文化宮與俱樂部幾近荒廢，不再舉辦文化活動。

而現在，有一艘美麗的白色輪船自眼前經過，沿河道輕駛而去……卻突然調頭，駛向自己所站立的岸邊……

你可以想像與世隔絕的村民會有何等反應。

這艘船上還有酒吧、餐廳、舞池……

以及我們受到歡迎的程度。

所有人不分老少全都爭先恐後地搶著上船，把握恣意遊覽三小時的機會。最後才依依不捨地回到岸邊，向河床上美麗的白色倩影揮別。

隨著商隊逐漸遠離較大的城鎮，更接近極圈，鄂畢河也變得更加寬廣。用望遠鏡就可以看到岸邊的野生動物。

有時甚至連續航行了一天一夜，也見不到一絲人煙。在這條河流，亦即方圓百里內唯一的交通要道兩旁，舉目所及盡是針葉林。

當時我還渾然不覺，在這綿延數里的泰加林[2]裡，有一場即將改變我一生的際遇正等著我。

開始折返新西伯利亞途中的某天，我讓領航船停繫在一座只有幾棟矮房的小村子附近，這裡離人多的地方還有幾十公里。我打算停留三個小時，讓團員到岸上走走，向當地居民購買便宜的魚和野菜，同時也讓這些居民有機會向我們購買各種食物和商品。

我也決定下船去散散步。我一步下船梯便不由自主地注意到，聚集在梯子邊打算上船的一群人旁邊，有兩個老人默默地站在那裡。

2 泰加林（taiga）：或稱北方針葉林，指歐亞大陸北方（尤其西伯利亞）以及北美的加拿大和阿拉斯加等滿佈松柏的森林地帶。

其中一個老人鬍子很長，可能年紀稍微大一點。他穿著由粗麻織成、長度及踝的連身斗篷，肩上的風帽拉起蓋在頭上，看起來非常古怪。我向前走，經過他們身邊時，禮貌性打了招呼，不過古怪的老人沒有回話，只稍微點一下頭，由他身邊的同伴開口：

「您好！願您一切順利。感覺上您是這裡的總負責人，對嗎？您可以發號施令？」

「是啊，可以，只要合情合理。」我回答他，並打算繼續我的步伐。

但老人卻接著說下去。

他想說服我借他五十名團員（我們總人數也不過六十五人），跟他進入森林，走上一段距離船隻停泊地點二十五公里遠的路途。我們的人被帶到森林深處是為了砍伐一棵正在鳴響的雪松——他們是這樣說的。這棵雪松據他所稱高達四十公尺，因此他建議我們將它砍成好幾段，以便徒手運回船上，且不能留下殘枝；他又建議我們每段可以再切得更小，一人拿一塊，其餘的除了分給親朋好友，有人想要也可以送出去。

這不是一般雪松，老人堅稱。最好加一根繩子當成項鍊掛起來，垂掛於胸前。掛的時候要赤腳站在草地上，戴上後用左手把它貼在沒有衣物阻隔的胸口，一分鐘後就會感到雪松散發一股令人愉悅的溫暖，接著會有一陣輕微顫抖掃過全身，而且三不五時會想要去摩擦它，這時候就用大拇指抵住背面，沒碰到身體的那一面用其他手指的指腹輕輕摩擦。老人更信誓旦旦地說，一個擁有鳴響雪松塊的人，三個月後就會明顯感到自己的身心狀態有所改善，而且許多病痛將不藥而癒。

「連愛滋病都可以嗎？」我問老人，並引用我看過的媒體報導，跟他簡單介紹一下這種疾病。

聽完老人篤定地說：

「任何疾病都可以！」

但他認為這不過是小事一樁，重點是：這種雪松會使擁有它的人更善良、更成功、更有才華。

我們西伯利亞泰加林的雪松具有療效，這點我確實略有耳聞，不過說到它會左右人的感受與能力……這個嘛，當下我認為並非真有此事，而是他們為了用這棵「不尋常的雪松」來向我要錢才說的。於是我開始向他們解釋，在「外面那個世界」，女人戴的是金銀首飾，她們不會願意花錢買木頭戴上的，所以我也不打算為此付上半毛錢。

「那是因為她們不懂，」老人對此回應：「黃金的價值和這一小塊雪松比起來簡直微不足道。不過，我們非但不要您半毛錢，還可以附贈乾香菇給您。總之，我們什麼都不要。」

念在他們年事已高，我放棄爭辯。

「嗯，也許吧。如果請技藝精湛的木雕師父為之操刀，雕刻出驚人之美，你們這種雪松塊可能會有人戴吧。」

「雕刻可以，不過讓它保持光滑更好，而且更好的是，用自己的手指把它磨亮，想這麼做的時候就這麼做，這麼一來，雪松也會有美麗的外表。」說著，老人迅速解開身上舊外套和襯衫的釦子，給我看他的胸口。

老人胸前有一個圓形或橢圓形的物體，帶著各種顏色：紫色、棗紅色、古銅色……形成費解的圖案。木頭本身的紋理看起來像許多細小的河流。

我不懂得鑒賞藝術品，就算有機會常逛藝廊也對世界名作沒什麼感覺；但眼前、老人胸口的東西卻劇烈地擾動我的情緒，遠勝過任何一次在特列季亞科夫美術館參觀的經驗。我不禁問他：

「您摩擦這塊雪松多久了？」

「九十三年了。」老人答道。

「那您幾歲了？」

「一百一十九。」

當下我並沒有相信他說的話。我目測他大約七十五歲，比另外那位老人年紀輕一點。不過他似乎沒注意到我的懷疑，或壓根兒不在意，開始口沫橫飛地力讚這種雪松的美麗外表，只要經持有人的手摩擦三年就可以達到；且往後將持續變化得更美，尤其當持有人是名女性；戴著它，身體會自然散發出人工製造不出來的迷人芳香。

的確，陣陣撲鼻的香味不斷從兩個老人身上傳來。照理說，我像全天下有在吸菸的人一樣嗅覺非常遲鈍；但我得承認，這是連我都聞得到的。

兩個老人身上還有別的地方也讓我感到奇怪。

我忽然意識到這兩個陌生人講話的方式跟一般荒北地區的居民不大一樣。有些話根本不像這一帶的人會說的。

「神創造了雪松來儲存宇宙能量……。

「當一個人處於愛的狀態，就會產生明亮的射線。這些射線會在短短一瞬之間，被這個人上空的星體反射回來，回到地球，為一切帶來生命。

「太陽就是這樣的星體之一。不過它反射的只是這種射線的一小部分，並非完整的光譜。

「人散發的射線中，只有明亮的射線可以發射到宇宙，也只有有益的射線可以從宇宙反射回到地球。

「人被負面的情緒影響，產生的射線就是黑暗的。黑暗的射線無法升空，只會墜入地球內部深處，碰到地心之後反彈，以火山爆發、地震、戰爭等形式回到地表。

「黑暗射線反彈回來導致的後果，以作用在人身上的效應——直接加深這個人的負面情緒——最為極致。

「一棵雪松壽命長達五百五十年，其數以百萬計的針葉，日以繼夜地捕捉、累積光明的能量，搜集到完整的光譜。在雪松的一生中，所有會反射光明能量的星體，都會打從它的上方經過。

「光是一小塊雪松，裡面蘊藏對人體有益的能量，就遠遠超過這個地球上，所有人造動力裝置製造出來的能量總和。

「雪松從宇宙接收人放射出的能量，儲存起來並適時釋放。當宇宙中——也就是人和地球上生長的萬物——缺乏足夠的能量時，雪松便將能量交還。

「不過還是被人發現，有雪松不會釋放體內積聚的能量。這種雪松非常罕見，會在生命邁入第五百年後開始鳴響。這就是它們說話的方式，透過輕聲的細鳴發出信號，呼喚人們前來砍伐、取用它們內部儲存的能量，將之回饋到地球上。這棵雪松將為此鳴響三年。若這段期間都沒有人來和它接觸，它便失去最後一線機會，因無法親自將收集自宇宙的能量還給人類，而啟動痛苦的死亡模式——開始自焚，耗費二十七年的時間將體內的能量焚燒殆盡……。

「不久前，我們發現了一棵這樣的雪松。我們估計它已經響兩年了。它的鳴響聲如此輕，如此柔，也許是希望能拉長發出呼求的時間。但仍然，它只剩下一年了。一定要砍倒它、分送出去才行！」

我竟然能全神貫注聽這古怪的西伯利亞老人長篇大論。每當他由平靜的口氣轉為激動的口吻，就會瘋狂地摩擦他的雪松，像在彈奏某種樂器。

河邊很冷，秋風吹拂過河面。老人沒戴帽子，任由寒風吹亂他蒼白的頭髮，外套和襯衫依舊保持開敞。他的手還在不停搓弄胸前那塊暴露在風中的雪松，並試圖將它的重要性一一解釋給我聽。

這時我公司的員工莉蒂亞．彼得蘿芙娜下船來告訴我一切準備就緒，所有人都在船上等我。於是我向兩位老人道別並快速地上了船。我不能照他們的要求去做，原因有兩個：延誤啟程時間，尤其是三天，將意味著重大的財務損失；此外，當時我只將他們所說的一切斥為迷信的無稽之談。

隔天的晨間會議上，我突然注意到莉蒂亞．彼得蘿芙娜在把玩她胸前的一塊雪松。後來她告訴我，我上船時，她還在原地逗留了一會兒。她看到那老人見我快步離開，先是錯愕地望著我，接著又望向他身邊的長者，激動地說：

「怎麼會這樣？為什麼他們不懂？我不會說他們的語言啊！我沒有辦法說服他，我就是不能！我說什麼都沒用！一點用都沒有……為什麼？父親，告訴我為什麼！」

長者把手搭在他兒子肩上，冷靜答道：

「你沒有說服力，兒子。所以他們不懂。」

「我步上船梯時，」莉蒂亞．彼得蘿芙娜接著說：「原本跟你說話的那位老人突然跑過來抓住我的手，把我拉回草地，並急急忙忙從口袋掏出這條繫著雪松木的繩子，掛在我脖子上，拉起我的手用我的手把雪松按在胸口。我甚至覺得全身打了個哆嗦。他動作很快，我根本來不及說什麼。我離開時他還在我身後大喊：『祝您旅途平安！幸福快樂！請您明年再過來！祝各位一路順風！我們會等候您大駕光臨！祝您旅途平安！』

「船開走後他還在繼續揮手，揮了很久後突然坐在草地上。我拿望遠鏡對著他們，看到之前跟你說話又給了我雪松木的老人坐在地上，肩膀在顫抖。年紀再大一點，鬍子長長的那位，則彎下腰來摸摸他的頭。」

＊＊＊

在一連串業務、帳目核銷和慶功宴之後，我完全把這兩個奇怪的西伯利亞老人給忘了。

等到回新西伯利亞，我的身體早已不堪負荷，出現劇烈疼痛。診斷的結果是十二指腸潰瘍和胸椎骨軟骨症。

在醫院舒適的病房裡安靜地休養使我得以遠離每天的忙碌。高級的單人病房讓我可以靜靜地分析與檢討這四個月的考察之旅，並擬定新的計畫。但不知為何，記憶的大門卻在這時被撬開，浮現出兩位老人及他們說過的話，其他的事情則被遠遠地拋在腦後。

我請院方遞給我所有和雪松相關的文獻資料。讀著讀著，卻不禁感到驚訝，我可能要開始相信他們了。他們說的竟多處與事實相符，該不會……句句屬實？

民俗療法的書對雪松的效用有大篇幅的記載，提到一整棵雪松從針葉到樹皮都具有高度療效。西伯利亞雪松外型美觀，適合用來創作大師級的雕刻作品、傢俱和樂器的共鳴箱；松針具高度揮發性，易於淨化周圍空氣；其木質含有特殊的香脂氣味使人安定舒適，在家裡放上一小塊就能驅蟲。

普及科學的書裡也提到：生長在北方地區的雪松功效比南方的雪松顯著。

科學院院士帕拉斯（Peter Simon Pallas）在一七九二年便已著書，宣稱西伯利亞雪松的果實能夠有效重振男性雄風，使人恢復青春活力、增強組織抵抗力、預防各種疾病。

歷史上也有很多跟雪松直接或間接有關的奇聞軼事。以下是其中一則：

一九〇七年，半文盲、五十歲的農民格里高利．拉斯普京（Gregory Rasputin）從生長雪松的西伯利亞偏遠村莊被帶到帝都聖彼得堡，以其預言能力驚豔皇室並得以自由出入宮廷。而且他擁有異常的雄性精力。格里高利．拉斯普京被暗殺時，甚至被子彈打了好幾個洞都還活著，把那些想殺他的人嚇個半死。難道這是因為他出生於雪松生長的地區、吃雪松子長大的嗎？

而他的精力到底有多旺盛？同時代記者描述如下：

「從中午就開始狂歡、酗酒、縱慾到天明，難以想像這是已年居五十之人！不止如此，凌晨四點，您能看見他大方跨進教堂、維持四小時的站姿晨禱。八點一到，回家喝個午茶，轉眼間就兩點了，這時格里什卡[3]卻好像什麼事也沒發生過地照樣接待訪客，接下來再帶幾個女人到澡堂洗洗香浴，浴畢旋即驅車前往市郊外的飯店，重複昨晚相同的縱慾行徑。此般作息絕非常人可及。」

不過再多的數據和歷史記載，都比不上接下來這份資料。而且你們還可以自行查閱。它才是真正的重點，最有力的證據——它完全擊潰我心中尚存的疑惑，那就是：聖經。舊約聖經，摩西第三卷（利未記十四4），神教人從治病到潔淨房屋，都要用到……雪松[4]！！！

將我手上不同領域的資料逐一比對之後，出現了一幅連世界知名的奇蹟都相形失色的畫面。曾經驚動許多人的神秘事件，跟鳴響雪松的奧秘比起來簡直微不足道。我無法再對它的存在產生懷疑——科學研究和古代經典驅散了它們。

雪松在舊約聖經出現四十二次。舊約中奉神意昭告石版的摩西，對這種樹的瞭解大概更深，不止舊約上寫的那些。

自然界有各種治療人類疾病的植物，已是不爭的事實。更有科普書籍，以及諸如帕拉斯這般嚴謹的權威學者，披露雪松藥性的研究。這符合舊約裡的描述。

現在請注意！

聖經指明雪松，唯獨雪松，沒有提到其他樹種。這樣不就表示，舊約說雪松是自然界現存最強效的治療藥物？所以呢？一種綜合藥材嗎？要怎麼用？還有，為什麼雪松明明有那麼多種，那兩個奇怪的老人卻只提到鳴響雪松？

舊約還有一個更令人匪夷所思的情節：

所羅門王建造了由雪松木搭蓋的聖殿。為了取得黎巴嫩的雪松，將王國內二十座城送給

---

3 格里什卡（Grishka）：格里高利暱稱。

4 雪松：學名為 pinus sibirica。聖經此處譯作香柏木。為統一，本書皆譯作雪松。

希蘭王作交換……難以置信！用二十座城換建材之類的東西！不過希蘭王還是依所羅門王的請求，提供了另外的服務——一些「善於伐木」的僕人[5]。

這些是什麼樣的人？他們知道什麼？

我聽說現在比較偏僻的地方還有這種懂得挑選建材的老人。不過兩千多年前，很可能每個人都具備這種能力。儘管如此，還是需要某些特別專精此道的人吧。總之聖殿蓋好了，獻祭開始在那裡舉行，然後「**有雲充滿了殿，甚至祭司不能站立供職……。**」[6]

那是什麼雲啊？它從哪裡來、又怎麼進到聖殿的？它是什麼？能量嗎、還是靈體？這是什麼現象、跟雪松有什麼關係？

老人說的鳴響雪松像是一種儲存能量的容器。

哪一種雪松功能較強，黎巴嫩的還是西伯利亞的？

帕拉斯說生長地區越靠近凍原邊界的雪松藥性越強——所以是西伯利亞的。

聖經上說：「**憑著果子就可以認出樹來。**」[7]——又是西伯利亞了！

難道都沒有人注意過這些嗎？

都沒有人對照過嗎？

舊約聖經、上個世紀的科學和現代科學對雪松的看法都是一致的。

葉列娜·伊萬諾芙娜·列里赫（Elena Ivanovna Roerich）在其著作《活的倫理》中寫道：「早在古代呼羅珊王朝國王登基典禮上就已出現過盛裝著雪松脂的聖杯……。德魯伊也有他們稱為『生命之杯』的雪松脂聖杯。直到後來無法感知到聖靈才被鮮血所取代。祆教的聖火即是由燃燒聖杯裡的雪松脂產生的。」

雪松用途和特性這樣的知識在我們祖先之間流傳已久，但保存下來的還有多少？該不會一點都不剩吧？

那兩個西伯利亞老人知道些什麼嗎？

---

5 列王紀上九11；五6。
6 列王紀上八10－11。
7 馬太福音七16。

突然，我全身起了雞皮疙瘩，因為我想起一件多年前的事。當時我根本沒放心上，可是現在……。

那時我是西伯利亞企業家聯盟的主席。重建初期，我接到一通新西伯利亞州執行委員打來的電話（我們那時還有共黨執行委員會），請我去和一位持有政府推薦信函的西方要商開會。前來與會的還有另外幾位企業家及執行委員。

這名「西方」外商裝扮華麗，看起來像個不尋常的東方人，頭上裹著穆斯林的頭巾，手指上好幾枚貴氣的戒指。

一如平常，商議的內容著眼在各方面合作的可能，其中他說了一句：「我們可以向你們進口雪松子。」說完便顯得有點緊張，眼神閃爍，似乎在打量現場每一位企業家的反應。我對於他有這樣的變化十分不解，因此記得很清楚。

會後，莫斯科口譯員陪他來找我，說是有話想跟我說。

這個生意人偷偷向我提議，若我安排供應他新鮮雪松子，不但將以國際價格來交易，還會提供高額度的分紅抽成。

雪松子要運送到土耳其，他們在那裡製油。我說我會考慮看看。

我決定調查他說的是什麼油。我查到了……

作為國際市場參考指標的倫敦交易所，每公斤雪松子油報價竟高達五百美元！建議供應價為每公斤雪松子二至三美元。

我打電話到華沙請我認識的企業家幫我查這種產品有沒有可能直銷和獲得它的萃取技術。

一個月後我收到的答覆是：「沒辦法。也沒有門路取得這門技術。而且你問的這些問題已牽涉到一些西方勢力，我勸你最好忘了。」

於是我求助於另一名在新西伯利亞消費合作研究所任職的老友。我買了雪松子並出錢贊助研究。他們機構裡的實驗室製造出大約一百公斤的雪松子油。

我還雇人幫我調閱檔案，大致得知這些事情：

革命[8]前（及革命後一小段時間）有個組織叫「西伯利亞合作社」，成員從事包括雪松子油在內的油品買賣。哈爾濱、倫敦、紐約都設有豪華辦事處。在西方國家的銀行存有鉅款。革命後組織解體，多數成員移居國外。

克拉辛（布爾什維克政府代表）和此組織領導人碰頭，並建議他回國。但西伯利亞合作社的領導人卻說自己待在國外會對俄羅斯更有幫助。

檔案裡還提到，雪松子油是在西伯利亞泰加林裡的小村莊用木製研磨器（完全木製！）榨取出來的。

而松子於何時收集與加工，則決定了它的品質。

但不論是在檔案或實驗室裡，都無法研判那是何時。秘密遺失了。

這種油的藥性獨一無二。會不會是哪個僑居海外的成員把製造這種油的秘密傳到某個西方人士手裡了？

富含藥效的雪松子長在西伯利亞，製油的技術卻在土耳其，這要怎麼解釋？這種遍佈西伯利亞的雪松可不會長在土耳其啊。

華沙企業家口中的西方勢力是指什麼？為什麼叫我不要涉入？他們偷偷「走私」我們俄羅斯—西伯利亞泰加林裡最珍貴的藥材不是嗎？

最具深度療效的寶藏，就在自己家鄉，有數代、數千年的歷史，我們還活像個蠢貨，花上大把鈔票（可能已經上億了！）去購買國外的成藥吞進喉嚨！

甚至本世紀的先輩都還知道的事，到我們這代，為何全都失傳了？更不用說記錄在聖經上兩千多年前的事件背後隱藏的知識了！什麼不明的勢力費了這麼大的功夫，把我們祖先的知識從我們記憶中消除？還叫我們不要多管閒事。他們可費盡了心思想把這一切給抹除乾淨——而且他們成功了！

我被一股盛怒淹沒。到藥局一看，發現真的有雪松油，且果然是進口包裝。我買了小瓶裝三十克來試……搞什麼，原油根本只有一兩滴而已吧！什麼稀釋過的東西，跟之前請研究所研發出來的差太多了！竟然還要五萬盧布！要是我們自己賣，不要從國外進口會怎樣？

---

8 指一九一七年推翻沙皇而後成立蘇聯。

光靠這瓶油整個西伯利亞就發了！

到底我們是怎麼辦到的，忘光祖先的技術，然後在這裡哭說自己有多窮苦……

算了，先不管，我遲早會把它們找回來。自己生產、讓公司一舉致富。

於是我決定再從鄂畢河出發，到北方作第二次考察。這次只用三層的「帕特里斯．盧蒙巴號」。把各種貨物打包上船、放映廳整理成商店後，我得聘請一批新的團員。不考慮任何一名我公司的員工，因為我們的財務狀況已在我分心時下滑了。

離開新西伯利亞兩週後，警衛向我報告有人私下在談論鳴響雪松；講得含蓄一點，就是船上有些「奇怪」的人混進來了。因此我開始把團員一個一個叫來，告訴他們接下來有個行程是徒步進入泰加林，然後看他們的反應。有的沒有異議，願意免費幹這件差事；有的則要求高額報酬，因為這點不在當初簽訂的合約上。畢竟待在船上舒適的環境是一回事；跋涉二十五公里去做苦工抬一大堆木材又是另一回事。

當時我預算很緊，而且也沒打算要賣雪松。老人都說了要送出去不是嗎？反正我這次來為的不是雪松，而是製油的秘密。當然跟它相關的一切我也有興趣知道。

在警衛逐步的協助下，我確信有人在監視我，尤其是我在岸上的一舉一動。至於什麼原因，並不清楚。誰又是幕後主使？我想了又想，並暗中告訴自己，若要萬無一失，必須動個腦筋搶先他們一步才行。

3 相遇

接近上次遇到老人的地點時，我沒跟誰說明半句，就下令停船，獨自乘小艇抵達村莊，並要船長繼續照原訂路線前進。

我希望能透過當地居民，找到這兩個去年跟我提到鳴響雪松的西伯利亞老人，並親眼見一見這棵樹，想辦法用最便宜的方式把它弄上船。

我將小艇繫在荒涼的河岸邊，看準其中一間小屋準備走去時，發現邊坡上有個婦女站在那兒。於是我改變主意走向她，期待打聽到有用的消息。

這名婦女身穿舊棉襖、長裙和極北地區居民常在春秋兩季穿的長筒膠鞋，頭巾也遮住額頭和脖子，很難看出年齡。我過去寒暄幾句，順便描述之前在這裡遇到的兩位老人。

「去年跟你說話的，」她回答：「是我的祖父和曾祖父，弗拉狄米爾。」

我很意外她的聲音聽起來那麼年輕，不但咬字清楚，馬上就說「你」，還親切地叫出我的名字。

老人叫什麼我不記得，而且我們有自我介紹過嗎？可能有吧，既然她都知道我的名字了。我決定也不客套，不用「您」。我問：

「妳的名字是？」

「阿納絲塔夏。」女人回答後隨即向我伸出手，好像在等我接過她的手輕吻一下。

一個身穿棉襖和膠鞋的村姑，在荒郊野外學上流社會的人擺出這個動作，實在讓我很想笑。我握一握她的手。當然沒有親它。

阿納絲塔夏露出有點窘的笑容，建議我跟她走進泰加林，到她家人居住的地方。

「不過要穿越森林走二十五公里，沒關係嗎？」

「當然是滿遠的。」我說，然後心想：「森林裡又沒有路，走二十五公里太難了，我應該叫一個警衛來幫我。可是這樣要追船，已經聯絡不上他們了。」我怕浪費時間，所以還是決定一個人去。於是我問她：

「妳會帶我去看鳴響雪松嗎？」

「會。」

「妳對鳴響雪松的事很熟悉嗎？可以全部告訴我嗎？」

「我會把我知道的告訴你。」

「好，那走吧。」

路上我問阿納絲塔夏在泰加林離群索居多久了。

她卻告訴我她的家人、宗族，世世代代都生活在雪松林間，據祖先所言，已上千年了。他們很少和我們文明社會的人直接接觸，就算有也不是在自己住的地方，而是喬裝成獵人或外地人混進一般城鎮。

阿納絲塔夏自己就去過兩個大城市：托木斯克和莫斯科。她在這兩處各待了一天，沒過夜，只是想知道自己對都市人的生活型態，有沒有誤解的地方。她靠著賣野漿果、乾香菇存到一筆旅費，還有當地的村婦借她國內護照。

阿納絲塔夏不贊成她祖父及曾祖父的想法，把具有療效的鳴響雪松分給一大堆人。為什麼？她說這樣木塊就會同時分散在做好事與做壞事的人手上，很有可能大部分的木塊會被心存歹念的人搶走，如此導致的結果，是壞處比好處還來得多。她的想法是，幫助美好事物，和幫助實現美好事物的人，才是最重要的；幫助每一個人不會改變善與惡的失衡關係，它只會保持原狀，或者惡化。

自從遇見兩位西伯利亞老人，我查了許多書，讀著各種關於雪松神奇療效的歷史與科學研究。現在我試著進一步了解，阿納絲塔夏口中所說的這些人，深藏在一望無際的西伯利亞泰加林，於雪松林間所過的生活。「他們這種生活方式，有什麼、還是有誰可以比較的嗎？」我心想。

利科夫家族（the Lykovs）。一個同樣離群索居，在森林中生活了一百多年的家族。大家如果有看報紙，一定都知道他們，我猜。我試著拿他們相比。

自從地質學家偶然發現他們，媒體便大肆報導，我還記得其中一個報紙標題：〈泰加末路〉。很多電視節目都製作了專題。不過我從報導歸納出的印象是，利科夫家族的人對自然相當熟悉，卻對外界的文明一無所知。這點情況很不一樣。阿納絲塔夏給我的印象是，她很了解我們文明社會的問題和一些我不是很懂的東西。她不但知道，還輕鬆自如地談論我們的都市生活。

我們越走越深，大約五公里後我已筋疲力盡，因為沿途並沒有道路，也沒有小徑，得不斷跨過倒塌的樹幹、撥開灌木叢。可是走在前面的女人卻絲毫未顯疲憊，所以我很不好意思說要停下來休息，顯示我很弱的樣子。

等到我們走到一小片有溪水通過的草地，女人說：

「弗拉狄米爾，你累了吧？想休息的話，我們可以在溪邊休息。」

「我沒有很累，不過該吃點東西了。」說完我馬上坐到一邊，從背包拿出三明治和裝著上等白蘭地的扁瓶，想請阿納絲塔夏喝幾口。不過她不喝，也不跟我一起吃東西，我不知道為什麼。她說：「我一點也不餓，弗拉狄米爾。你吃吧，我要沐浴在陽光裡。」然後走到離我三步遠的距離，把外套、頭巾、長裙都脫下來，放進樹洞，只剩下一件連身薄襯裙。

當她把遮住大半張臉的頭巾拿下來，我差點因為太驚訝被白蘭地嗆到。當她只穿著薄連身裙……

她的變身堪稱奇蹟，如果我相信有奇蹟，我一定會這麼說。一頭金色長髮、皎好身材、美到不尋常的年輕女子，現在就站在我面前。我不相信有哪個選美冠軍贏得過她，就外貌上是不可能的，後來我發現，連聰明才智也是。這個西伯利亞隱士的一切都具有神奇魅力。

阿納絲塔夏躺在草地上，雙手打開、掌心朝向天空，幸福地閉上雙眼沉浸在陽光裡。我著迷地盯著她，忘了要吃東西。

她似乎感受到我的目光，轉過來對我笑了一下，再把眼睛閉上。

她的臉：沒有化妝品、五官整齊、細緻的肌膚完全不像一般西伯利亞荒地居民有張飽受風霜的臉；一雙大且善良、湛藍又帶點灰褐色的眼睛；略帶微笑的嘴唇。

她只穿著像女性睡衣的薄連身裙，儘管現在只有攝氏十二到十五度左右，她看起來卻一點也不冷。

陽光灑在她的掌心反射出金色光暈。她美麗動人，而且半裸。

我看著她，頭腦和心裡一陣混亂，不知該採取什麼行動。為什麼她要脫衣服？為什麼嬌柔嫵媚地躺在地上？這下可好，為什麼女人老愛用迷你裙和低胸上衣露腿露乳溝、露東露西，難道不是想勾引身邊的人嗎？在說：「看，我多麼性感、開放、垂手可得！」這時候要男人怎麼辦？克制肉體慾望，忽略這名女性讓她覺得受辱；還是該表示注意？

以目前的情況，我該做什麼表示我的注意呢？

森林裡只有我跟她，代表不需要多說什麼，需要別的。我該親她一下嗎？還是她想要的不止這樣？我問她：

「阿納絲塔夏，妳不怕自己一個人走在森林裡嗎？」

她睜開眼，轉過來對我微笑，說：「這裡沒有什麼可以讓我害怕，弗拉狄米爾。」

「有趣。但要是妳碰上一兩個男人，地質學家或獵人之類的，該如何自我防禦？」

她笑了笑，沒有回答。

我心想：「這麼年輕貌美的女生怎會什麼都不怕？」然後接下來……接下來的事，我到現在都還無法理解……。

我湊近躺在草地上的阿納絲塔夏，伸手過去摟住她的肩膀，讓她靠向我。雖然她沒有強烈反抗，但我感覺到她有彈性的身體每一處都充滿力量。她呼吸的氣息和頭髮的香味，使我小小暈眩，我想要對她……

可是我什麼都做不了。

我只記得我看著她的眼睛和聽到：「不要這樣，弗拉狄米爾，冷靜……。」後就失去意識了。而且在這之前，我還記得突然有一股巨大的恐懼襲來——那是一種莫名的恐懼，就像小時候一個人待在家裡突然害怕起來。

我醒來時她已經跪在我旁邊，一手按著我的胸口，一手朝天空及其他方向揮舞。她在笑，但不是對我，看起來像是對著我們旁邊或空中一個隱形的傢伙。

阿納絲塔夏好像在用這個手勢跟她的隱形朋友打暗號，表示沒有壞事發生在她身上。她用溫柔的眼神靜靜地看著我的眼睛，說：

「冷靜，弗拉狄米爾，一切都過去了。」

「但發生了什麼事？」我問。

「和諧不接受你對我產生的慾望。你以後會明白的。」

「這跟和諧有什麼關係？都是妳！都是因為妳開始抵抗！」

「我也沒有接受。我不喜歡。」

我坐好把背包拉近我。

「好！很好！她不接受、她不喜歡！妳們這些女人就愛在那邊勾引人，露大腿、露胸部、穿高跟鞋。穿高跟鞋根本不好走，妳們還照穿！穿上去在那裡扭腰擺臀，卻說：『噢，我才不要、我不是那樣……。』那我問妳，妳們扭什麼扭？假清高！我是企業家，什麼女人我沒見過。妳們想的都一樣，只有花招不一樣——妳幹嘛把外面的衣服脫掉？又不熱！把手攤開躺在那裡，也不講話，還笑得跟……」

「弗拉狄米爾，我穿著衣服不舒服。離開森林進入人群我才會穿上，為了打扮得跟其他人一樣。我躺在陽光裡稍作休息，不想打擾你吃東西。」

「不想打擾我？妳已經打擾我了！」

「請你原諒我，弗拉狄米爾。當然你說的沒錯，每個女人都想被男人注意，但不是只針對腿和胸部。女人希望的是，不會和能超越這些、看到更多的男人擦肩而過。」

「可是這裡根本沒有人可以擦肩而過啊！如果她先秀腿出來，這時候還有什麼其他好看的？妳們女人真沒邏輯。」

「是的，很遺憾有時候人生就是如此……。或許我們該繼續往前走了，弗拉狄米爾？你吃完了嗎？休息過了嗎？」

一個念頭掠過我的腦海：值得繼續跟這個滿嘴道理的野女人走下去嗎？而且她顯然有某種特殊能力，讓我一碰到她就昏倒。怎麼辦？回去吧？不行，我自己找不到回岸邊的路。只能前進。

「好吧，我們走。」我這樣回答了阿納絲塔夏。

4 她是人還是野獸？

我們繼續朝阿納絲塔夏家的路途前進。她的衣服留在樹洞，膠鞋也放在那兒，身上只有薄連身裙。

她拿了我的背包，要幫我提。

赤腳的泰加美女優雅輕盈地走在我前面，一手拿著背包輕輕地甩來甩去。

我們一路上都在交談。跟她漫無邊際地聊各種話題非常有趣，可能因為她對每件事都有自己一套奇怪的見解。

有時她會來一個旋轉，面對我「倒退走」一陣子，還有說有笑，完全不看腳下。我真搞不懂為何她一次都沒絆到腳，也不會被枯枝刺到光著的腳丫。沿途都沒有可辨識的路徑，可是穿越森林會遇到的障礙，我們一個也沒遇到。

她一面走，一面三不五時摸摸葉子、摸摸灌木叢，彎下去看也不看就拔起一片草葉，然後……吃掉。

「真像頭野獸。」我心想。

如果有漿果，阿納絲塔夏會採下來拿給我，讓我也邊走邊吃。

她身上沒什麼特別的肌肉線條。可以說是中等身材，不胖也不瘦，營養優良，很有彈性、漂亮的身體。而且就我來看，力氣很大、反應很快。

有一次我跌倒，雙手往前飛出去時，阿納絲塔夏以閃電般的速度轉過來，向我伸出空著的那隻手。我的胸膛倒在她五指全開的手掌上。我跌倒了，但沒著地。

她只用一隻手支撐和扶正我的身體，嘴巴還在講話，一點都不費勁。

靠她的手站直後，我們繼續走，像什麼也沒發生過。不知道為什麼我想起我背包裡的瓦斯槍。

這個泰加隱士美歸美，卻讓我身陷這樣的處境，使我毫無防備，完全無法抵禦任何不愉快的突發狀況。

我們聊著，不知不覺已經走了很遠。忽然阿納絲塔夏停下來，把我的背包放在樹下，高興地宣布：「我們到家了！」

我看了看。一片不大、整齊的林間空曠地帶，被高聳的雪松包圍、遍地野花，但沒半個建築物。茅草屋之類的也沒看到。什麼都沒有！連個簡單搭起來可以臨時過夜的地方也沒有！她還高興得像是到了一個舒適的家。

「妳家呢？我們要在哪睡覺、在哪吃飯、在哪躲雨？」我開口，勉強克制住我聲音裡的焦慮。

「這裡就是我家啊，弗拉狄米爾。這裡什麼都有。」

一股隱約的不安開始籠罩著我。

「什麼都有——在哪裡？至少給我一根斧頭吧、給我一個茶壺燒水吧。」

「我沒有茶壺跟斧頭，弗拉狄米爾，而且不要生火比較好。」

「妳說什麼？好啊，連個茶壺也沒有！是妳自己邀請我到妳家的，一般人家裡會有一棟房子。房子裡有天花板、有廚房，最少也會有一間寢室和放食物的地方。我裝水的瓶子已經空了，妳還親眼看到我吃東西的時候把它扔了。現在我只剩下幾口白蘭地。走到河邊或村子裡要花一整天的時間，但我已經很累了，我要喝水。妳水從哪來？妳要怎麼喝水？」

看到我變得焦躁，阿納絲塔夏也有點慌，連忙牽起我的手把我拉離空地進入樹林裡，一直說：「不要擔心，弗拉狄米爾！拜託。不要生氣。我會照顧所有的事情。你可以好好休息。好好地睡一覺。我會打理一切。你不會冷的。你口渴了？我現在就給你喝的。」

十或十五公尺之後，灌木叢後面出現了一座小小的森林湖泊。阿納絲塔夏馬上捧了一些水送到我面前。

「水，請喝。」

「阿納絲塔夏妳是怎樣？完全變成一個野人了嗎？怎麼可以喝森林地上的積水？妳看過我喝的是博爾若米礦泉水吧？我們在船上就連拿來洗澡，也要把河水倒進特殊的過濾器，經過氯化和臭氧化。」

「這不是積水，弗拉狄米爾。這是純淨的活水。它很棒！不像你們那種半死的水。可以喝的，就像母親的奶水一樣。你看！」

阿納絲塔夏把手裡捧的水送到自己面前啜飲。

我再也忍不住了，大叫：「阿納絲塔夏妳是野獸嗎？」

「為什麼是野獸？因為我的床跟你不一樣嗎？沒有車、沒有各種器具？」

「因為妳過得活像頭野獸。住在森林裡什麼都沒有還一副樂在其中的樣子。」

「沒錯，我喜歡住在這裡。」

「看吧，妳自己承認了。」

「弗拉狄米爾，你認為人和地球上其他生物最大的區別，在於擁有人工製造的物品嗎？」

「對！正確一點的說法是——文明的生活。」

「你認為你的生活比較文明嗎？是的，你當然這樣認為。但我不是野獸，弗拉狄米爾。我是人！」

5 他們是誰？

接下來我花了三天的時間和阿納絲塔夏在一起，觀察她這個奇怪的年輕女子如何在西伯利亞泰加林的深處一個人生活，並試著了解她這種生活的意義。我實在很難不拿大都會人的型態來比較。

阿納絲塔夏完全自己一個人生活在森林裡。沒有住房、幾乎不穿衣服也不儲藏食物，是生活在這裡幾千年的族群後裔，她簡直代表另一種迥然不同的文明。我認為她和她的族類，是靠著一項非常明智的舉動得以保存到現代。可能只有這樣做才對。他們融入我們，盡量在表面上和他人沒兩樣；一回到長住的地方，又與自然融為一體。

要找到他們住的地方很難，只能靠那個地方是否被照料得更整齊漂亮來判斷出有人住的跡象，例如阿納絲塔夏這塊林間空地。

阿納絲塔夏在這出生，是大自然不可分割的一部分。她和我們知道的偉大修道士不一樣，她不是在森林裡僻靜一段日子，而是出生在泰加林，她參觀我們世界的時間很短暫。當時我想佔有阿納絲塔夏卻被巨大的恐懼襲擊而失去意識，這看起來極度詭異的現象其實可以有個簡單的解釋。就像人去馴化貓、狗、大象、老虎、老鷹，這裡的一切也經過馴化，不容許任何壞事發生在她身上。

阿納絲塔夏說她母親從她出生到一歲前，就可以一整天都不在，只留下她一個人。

「這樣妳不會餓死嗎？」我問。

這個泰加隱士愣了一下，用詫異的眼神看我，然後才說：「弗拉狄米爾，世界一開始就被創造成不需要人為了找食物、或是找什麼樣的食物而浪費精神能量的地方。一切都按照人的需要依序生長、成熟。進食就該像呼吸一樣，不需要將注意力分散在食物上面、讓思想偏離重點。造物者把這交給別的去處理了，使人可以盡情活出自己的天賦。」

「妳是說文明世界裡成千上萬的人，都不需要為了正常的三餐每天工作嗎？」

「是他們選擇的生活方式迫使他們去工作。」

「哪是因為生活方式啊？農場主人和農夫的生活方式就跟城市人不一樣，他們還不是照樣得從早做到晚才能餵飽家人。

「就拿一顆雪松子來說好了，妳想得到它，也要花很多力氣吧。松果在那麼高的地方，離地面十幾公尺。」

「真的很高，」阿納絲塔夏也同意。「我以前都沒想到。我都是照祖父教我的。」說這話的同時，阿納絲塔夏抬起右手彈了一下手指。兩三分鐘後地上出現一隻毛茸茸的紅松鼠。

這隻小動物用後腳站立，前爪捧著一顆雪松果。阿納絲塔夏看也沒看，再彈了一下手指，繼續跟我講話。

小動物迅速剝起雪松果，把裡面的松子一個一個抽出來，放成一堆，待阿納絲塔夏彈第三次指，牠立刻把一粒松子去殼，靈巧地跳到她的掌心。

阿納絲塔夏把小動物的臉湊近自己的嘴邊。

小動物把口中的雪松子仁傳到她嘴裡，再跳下她的手，開始替另一顆雪松子去殼。

已經有十幾隻抱著雪松果的松鼠站在地上了，而且數量還在急速增加中。阿納絲塔夏拍拍我一公尺外的草地。所有松鼠都開始剝起松果，把松子挑出來集中在指定的地點。每剝完一顆就再去找新的。不到幾分鐘，我面前的雪松子就已經推積如山。

一開始我覺得很神奇，但後來我想到住屋蓋在松林間的新西伯利亞科學城，那裡也有很多習慣人類的松鼠。牠們會向散步過去的居民要東西吃，如果沒要到，甚至還會生氣。只不過我現在看到的情形是反過來的。我告訴阿納絲塔夏：

「到我們正常世界就不一樣了，妳儘管在小販面前彈手指好了，阿納絲塔夏，不然妳要打鼓也行，都不會有人給妳任何東西的，而妳卻在這裡說：『造物者把一切都安排好了。』」

「那是誰的錯呢？如果人決定要改變造物者的計畫？這樣是好還是壞，請你自己想一想了，弗拉狄米爾。」

這就是我和她之間有關飲食方面的對話。阿納絲塔夏的立場很簡單：浪費精神在想原本就供應無虞的東西很不應該；是人在人造世界的生活方式造成了問題。看來隱士阿納絲塔夏，光是住在森林裡，不用考慮飲食、也不用為此消耗體力和腦力，就能得到最高品質、有機的、對她的身體來說理想而均衡的飲食。反觀我們，身處文明世界卻得不斷地想吃的問題，從早到晚都在為它工作，且往往得到的還是內容可疑、品質堪慮的食品。

我們早就習慣我們的世界，並且稱之為文明。但現代文明是否忘了這世上還存在著另一種、與自然和諧共存的生活？要是幾千年來人類投入的是大自然，而不是人造世界，不知道現在能發展到何等高度？

我們都在書上、報紙、電視節目上看過，有很多不小心被遺落在荒野的嬰兒被狼哺育的例子。這裡的人世世代代都與環境和諧共存，他們和動物世界的關係完全迥異於我們。說不定連身體機能也不一樣。

我問阿納絲塔夏：「為什麼妳不會冷，我卻要穿著大衣？」

「因為總是把自己包在衣服裡，」她說：「進入遮蔽場所躲避冷和熱的人，身體會漸漸失去適應環境的能力。我的身體沒有失去這項本能，因此不需要特別穿上衣服。」

6 森林臥房

我沒有帶任何野外過夜的裝備。阿納絲塔夏把我安置在一個洞穴裡。旅途勞累，我馬上就睡死了。醒來時通體舒暢，感覺像在超舒服的床上睡了一覺。

洞穴，或者說這個被扒挖出來的洞，很寬敞，鋪滿柔軟的雪松細枝和乾草堆，整個空間充滿怡人的芳香。

我伸了伸懶腰，把手往兩邊伸展，其中一手摸到毛毛的獸皮。我直覺認為阿納絲塔夏也打獵。我挪過去，靠在溫暖的獸皮上打算再睡一會兒。

阿納絲塔夏站在我的森林臥房入口，看到我醒了，便說：

「願今天對你而言是充滿善意的一天，弗拉狄米爾。也希望你以善意來面對牠。只是拜託你不要害怕。」

她拍拍手，然後那張「毛毛的皮」就……我驚駭地發現那根本不是獸皮。一頭熊正躡手躡腳地爬出去。還得到阿納絲塔夏表示讚許的輕拍後，舔舔她的手，笨重地爬進樹林裡。原來是阿納絲塔夏為了不讓我凍著，先在我床頭放了安眠藥草，再叫一頭熊跟我睡在一起，她自己則蜷曲著睡在入口附近。

「阿納絲塔夏，妳怎麼可以對我做這種事？這頭公熊可能會把我壓死或撕成碎片啊。」

「牠不是公熊——牠啊，是一隻母熊。牠很聽話，不會對你做什麼壞事的，」阿納絲塔夏回答我：「牠很喜歡完成我派給牠的任務。而且牠整個晚上都沒有動喔，鼻子湊在我兩腳之間就心滿意足地睡著了。只有你在睡夢中兩手亂揮、打到牠的背時牠才抖了一下。」

7 阿納絲塔夏的早晨

夜幕降臨時，阿納絲塔夏會進入森林裡動物弄出來的藏匿處中睡覺，通常是個洞穴；若天氣暖和就直接睡在草地上。她醒來後做的第一件事，是熱情地迎接朝陽，碰一碰樹稍新吐的嫩葉，摸一摸地上冒出的嫩芽，調整東、調整西的。然後跑過去一連拍動好幾棵小樹的樹幹，使樹梢顫抖，讓狀似花粉或露水的東西撒落在她身上。接著躺到草地上五分鐘左右，盡情地伸展、扭轉，最後全身像裹了一層乳液。

她助跑著跳進小小的湖裡，嘩啦嘩啦地拍水，然後潛下去——潛得真好！

她和周圍動物世界的關係，類似我們和飼養的動物之間的關係。

許多動物會來觀看阿納絲塔夏的晨間巡禮。牠們不會主動靠近，但只要她一個眼神和微小的示意動作，就會有幸運兒飛快地跑到她的腳邊。

有天早上我看見她捉弄一匹母狼，就像在跟家裡的狗玩一樣。她拍一下這匹母狼的肩部，然後拔腿就跑。母狼隨即跟上，快追到時，阿納絲塔夏突然飛躍到空中、雙腳往樹幹一蹬，瞬間轉了一個方向調頭跑掉。慣性作用下母狼來不及反應，衝過樹以後才回過頭追趕大笑中的阿納絲塔夏。

穿衣服跟吃東西，這兩件事阿納絲塔夏連想都不用想。她通常不是半裸就是全裸；吃雪松子、一些草葉、漿果和香菇。香菇只吃乾燥過的。雪松子和香菇都不是她自己搜集的，而且她也不會去做保存食物的動作，甚至是儲備過冬。這一帶為數眾多的松鼠都替她準備好了。不過松鼠為冬天儲藏食物就不稀奇了，在哪都一樣，那是牠們的天性，真正令我驚訝的，是每當阿納絲塔夏彈一下手指，附近的松鼠就會爭相搶著跳上她伸出的手，送她一顆剝好的松子；當她拍拍彎曲的膝蓋或草地，牠們還會發出一種叫聲，像在互相通報，開始把乾香菇和其他儲藏的食物拖出來搬到她面前，而且做得非常開心——至少在我眼裡。我以為阿納絲塔夏訓練過牠們，沒想到她說牠們這種行為，可以說是天性，而且母松鼠會教小松鼠、示範給牠們看。

「也許很早以前我的祖先有訓練過牠們吧，不過更有可能，這本來就是牠們的天性，因為每年冬天，每隻松鼠儲藏的糧食，都比自己吃得下的多出好幾倍。」

至於「沒有冬天穿的衣服怎麼不會凍僵」這個問題，阿納絲塔夏的回答是：「難道你們那裡沒有不穿衣服就能對抗嚴寒的例子嗎？」

於是我想起波爾菲里·伊萬諾夫[9]的書。他不管多冷都只穿著底褲，光著腳丫。書裡還寫到，法西斯分子為了測試這名俄羅斯怪傑的極限在哪，於氣溫零下二十度潑他冷水，再讓他光溜溜的被摩托車載著跑。

阿納絲塔夏的幼年時期不只有母乳，還有其他動物的奶可以喝。牠們自然地讓她吸吮乳頭。她也不在乎正式用餐這件事，從不坐下來好好吃東西，只是邊走邊隨手摘下果子或嫩葉，然後繼續做自己的事。

與她相處三天以後，我發現自己再也無法用一開始的眼光來看她，阿納絲塔夏在我眼裡儼然成為一種神奇的生物——不是野獸，她的智商太高了，還有她的記憶力……她從不過忘任何看過聽過的事。有時她的能力似乎超越一般人能理解的範圍，而正是這種看法令她相當難過和沮喪。

不像我們知道的一些超能力者，老愛替自己蒙上神秘、獨特的光環，她總是不斷地想要解釋、透露她那些能力背後的原理，證明它們或她並沒有任何超自然之處，證明自己是人，一個女人，且不斷要求我要記住這一點。我也盡力替這些不尋常的現象找出合理的解釋，試著將這點謹記在心。

我們文明世界的人總是在為日常生活奔波，想辦法填飽肚子、滿足性慾。這些事阿納絲塔夏卻一概不需要處理。換作是利科夫家族，也照樣得煩惱吃和住的問題。大自然幫助他們的程度沒有到阿納絲塔夏那樣。其他遠離文明的部落也沒有這種連結。阿納絲塔夏認為這是因為他們的思想不夠純淨，大自然和動物世界都感覺得到。

---

9 波爾菲里・伊萬諾夫（Porfiry Ivanov）提倡，將身心向大自然敞開能夠改善健康、延年益壽。他把多年親身實驗歸納成十二項準則（Detka）來教導大眾健康生活，其中最著名的是洗冷水浴。

8 阿納絲塔夏的光線

在森林這段期間，我覺得最異常神秘的現象是，她可以看見遠距離外的人還有那個人的狀況。也許有這種能力的隱士不只她一個。

她是藉由一種看不見的光線來做到這件事。她說每個人都有這種光線，只是自己不知道而已，所以才無法加以運用。

「人還沒發明自然中沒有的東西。讓電視得以運作的技術，就是在仿製這種光線，不過它只仿製出其中一點點可能性而已，既渺小又可憐。」

不過她怎麼解釋我都不相信有這種光線，畢竟它看不到。就算她示範再多次、提出多少合理的解釋和證據，對我來說都不管用。直到有一次……

「說吧，弗拉狄米爾，你覺得什麼是夢想？很多人都有夢想嗎？」

「我相信很多人都有夢想。當一個人在想像未來希望發生的事，就是在夢想。」

「很好。也就是說你不否認人有模擬未來及各種情境的能力囉？」

「沒錯。」

「那什麼是直覺呢？」

「直覺的話……大概是種感覺吧，讓人不必知道接下來會發生什麼事，也不需要有理由，就知道該採取什麼行動。」

「所以你也不否認，每個人身上除了平常的分析思考外，還有別種東西在幫助自己和他人決定怎麼行動，對嗎？」

「可以這麼說。」

「太好了！」阿納絲塔夏尖聲說道。「好，接下來是夢。幾乎每個人睡覺時都會做夢，它又是什麼呢？」

「夢……呃，我不知道。夢就是夢啊。」

「好，好。夢就是夢。總之你不否認它的存在，對吧？你和所有人都知道，當一個人在睡夢中，身體幾乎不受某部分意識的控制時，還能看到他人及正在發生的事情？」

「這我看沒人會去否認。」

「在夢裡還能跟人交流、對話、心領神會對方的感受？」

「是啊。」

「那麼，你覺得人可以控制自己的夢嗎？把想看的畫面或事件調到夢裡，像一般電視那樣。」

「我不認為有誰做得到。夢都是自己出現的。」

「你錯了。人可以控制一切。人就是生來妥善運用這一切的。

「我所說的光線就包含人擁有的資訊、想法、直覺與內在感受，因此也包含夢境般的影像，由人透過意志有意識地控制。」

「怎麼可能在夢裡控制夢？」

「不是在夢裡。是醒著的時候，就好像以絕對的精準度事先設定好。對你們來說，它是在睡夢中隨機混亂地進行。人已經喪失了大部分的控制能力——控制自己及自然現象的能力，因此認為夢不過是疲憊的大腦產生的多餘贅物。事實上，幾乎全世界的人都……。不然你願意讓我試試看嗎，讓我幫你看見遠距離外的事物？」

「請便。」

「在草地上躺下來，放鬆，讓你的身體只消耗一點點的能量。要讓你自己覺得舒服。沒有任何干擾了嗎？現在，想一個你最熟悉的人，比方說，你太太。回想她的習慣、走路的樣子、衣著，還有你覺得她現在可能在什麼地方。用你的想像力，一一描繪出來。」

我想起我太太，我知道她現在可能在我們鄉下的房子裡。我鉅細靡遺地勾勒出屋子、擺設物品和四周環境等許多細節，不過啥也沒看到。我把這些告訴阿納絲塔夏，她說：「因為你還沒像快睡著般徹底放鬆。我來幫你。閉上眼睛，兩手張開。」

隨後我感覺到她的手指觸碰了我的手指，我便墜入夢鄉，或說，進入半夢半醒的狀態……

……我太太在我們鄉下的房子裡，她站在廚房，平常穿的袍子外面還加了一件針織罩衫，表示屋內很冷，暖氣又出了毛病。

我太太正在瓦斯爐上煮咖啡，旁邊還有一個寫著「狗狗專用」的鍋子，不知道在煮什麼。我太太繃著臉，表情陰鬱，動作遲緩。突然她抬起頭，輕快地步向窗邊，看著雨落下，微笑。咖啡溢出來了，她連忙抬起滿溢咖啡的小壺，卻沒像平常一樣皺眉或不高興。然後她脫下罩衫……

這時我醒來。

「怎麼樣？有看到嗎？」阿納絲塔夏問。

「有啊，但說不定這只是一場普通的夢？」

「怎會是普通的夢呢？你預計好看到她的！」

「是這樣沒錯，看也看到了，但怎麼證明我夢到她的同時，她正好在廚房？」

「記住這一天、這一刻，弗拉狄米爾。若你想要證據，回家後問問她吧。你有發現什麼地方跟平常不太一樣嗎？」

「沒有。」

「你沒看見她走到窗前面帶微笑嗎？她笑了，咖啡溢出來也沒生氣。」

「我有注意到這點。大概是從窗口看見令她開心的事吧。」
「她只看見下雨了。她從來就不喜歡雨天啊。」
「那她到底為何而笑？」
「因為我也用我的光線看著你太太，溫暖了她。」
「所以妳的光線可以溫暖她，那我的呢？我的太冷？」
「你只是出於好奇打量著她，沒放入感情呀。」
「這麼說來，妳的光線還能溫暖遠距離的人？」
「是的。」
「還有別的嗎？」
「可以接收和傳遞某些訊息。還能讓一個人的心情變好，同時能移除他的部分病痛。能做到的事還很多，看我當下的能量，還有我的感受、意志力及意願的強度。」
「妳可以看見未來嗎？」
「當然！」

「過去呢？」

「過去和未來幾乎是同一件事，只有外觀上的不同，核心事物卻永遠保持不變。」

「怎麼會？有什麼是不會變的？」

「舉例來說吧，一千年前的人所使用的日常用品和穿著，都和今日不同；但這並非核心事物。不論一千年前、還是今天，人都一樣，擁有相同的情感，不受時間影響。

「恐懼，喜悅，愛。想想智者雅羅斯拉夫、恐怖的伊凡或者法老王，他們愛一個女人就跟今天的你或其他人沒兩樣，會產生完全相同的情感。」

「這倒挺有趣……所以呢？我不太懂。妳說每個人都會有這種光線？」

「當然。直到今天，人依舊擁有情感和直覺，擁有夢想的能力、推測的能力、揣摩各種情境的能力、在睡覺時做夢的能力，只是一切都太混亂了，不受控制。」

「也許這需要經過訓練？可以多加練習？」

「可以練習。不過，弗拉狄米爾，要讓光線受意志力控制還有一項先決條件。」

「什麼條件？」

「你的思想必須是純淨的。還有，光線的強度取決於光明的感覺強度。」
「好啊！這下可清楚了……到底跟思想純淨有什麼關係？還有什麼、光明的感覺？」
「它們是光線的能量來源。」
「好了，阿納絲塔夏，我沒興趣聽下去了。再來妳又會加上別的。」
「我已經告訴你精華的部分了。」
「是啊，妳是，但條件未免太多了。換個話題吧，說個簡單一點的。」

* * *

阿納絲塔夏成天進入冥思狀態，模擬過去、現在和未來各種可能在生活中發生的情境。阿納絲塔夏記憶力驚人。她模擬出來的、或用光線看到的人物及其內心的感受，都被她記得一清二楚；她還會模仿他們走路、說話，甚至是思考的方式，簡直像一名超有天份的演員。她搜羅了從古至今許多人的生命經驗，再用這些經驗推演出未來，藉此幫助別人。她在遙遠的距離之外幫助別人，透過她那看不見的光線。被她的光線觸及而暗中獲得指引、洞見與治療的人，甚至不會意識到有這件事。

後來我才知道每個人都會散發這些肉眼看不見的光線，只不過強度各異。科學院院士阿基莫夫（Anatoly Akimov）曾以特殊儀器拍下它們，並刊登在一九九六年五月份《奇蹟與探險》雜誌。可惜我們無法像她那樣子去使用。科學上類似這種光線的現象稱為「撓場」（torsion field）。

＊＊＊

阿納絲塔夏的世界觀獨特且耐人尋味。

「阿納絲塔夏，上帝是什麼？祂存在嗎？若祂存在，為何沒人見過祂？」

「上帝是星際間的心智，或說：智能。祂並不是在單一的物質中，一半的祂存在於宇宙的非物質層面，亦即所有能量的總和；另一半的祂則化為粒子，遍佈在地球和每個人的身上。而黑暗力量竭力想阻擋這些粒子。」

「依妳所見，我們的社會即將面臨些什麼？」

「放長遠來看——將來會意識到技術治理（technocratic）式的發展所形成的種種致命傷害，掀起回歸原始起源的潮流。」

「妳是說我們所有的科學家都很低能，正在把我們引進一條死路？」

「我的意思是他們正在加速這道進程，讓你更早意識到這是不正確的路。」

「所以？我們造汽車、蓋房子，通通是白忙一場？」

「是的。」

「妳一個人住這不無聊嗎，阿納絲塔夏？只有妳一個，沒有電視也沒有電話？」

「你說的是多麼落後的東西。人類從一開始就有了，只不過是更完美的形式。我都有呢。」

「電視跟電話？」

「電視是什麼呢？為人類幾乎萎縮掉的想像力所編造的故事提供畫面和訊號的機器。我靠自己的想像力就可以描繪任何故事和畫面，創造最不可思議的情節，甚至讓自己參與其中影響劇情。哎呀，一定是我還表達得不夠清楚對不對？」

「電話呢？」

「人不用電話就能和另一個人交談。只需要雙方的意志力及意願，還有，充分發揮的想像力。」

9 泰加林演唱會

我推薦她本人到莫斯科上電視。

「妳想想看，阿納絲塔夏，以妳的美貌要當上世界名模絕對不成問題，妳可以拍雜誌、走伸展台。」

阿納絲塔夏笑了起來。當下我明白她對世間的事一點都不陌生；且跟全天下的女人一樣，都很樂意當個美女。

「最美的人是吧？」她重申這個部分，並像小孩般開始鬧著玩，馬上在林間空地昂首闊步，假裝自己走在伸展台上。

她學模特兒走台步——兩腿交替著落在另一腳前面、展示假想服裝的模樣太好笑，我忍不住鼓掌加入這個遊戲，同時宣佈：

「各位親愛的觀眾，請注意！現在要為您表演的，是位美麗動人，無法被超越的體操選手，那絕世無雙的大美人——阿納絲塔夏！」

這台詞可把她給逗得更樂了。她跑到空地中央，開始難以置信的空翻動作——先是前翻、後翻、左右各一次側翻；接著往空中一跳，一隻手抓住了樹枝，盪了幾下便把整個身體拋到另一棵樹上；最後又翻了一次筋斗，在我的掌聲中故作嬌態地鞠躬。然後她跑出空地躲在濃密的樹叢後方。阿納絲塔夏笑著從那裡偷看，彷彿在後台等不及我宣佈下一句台詞。

我想起一卷錄影帶，裡面收錄了好幾位名歌手的演出，都是我最愛的歌。有時我晚上會在艙房裡播來看。想到這卷錄影帶以後，我也沒有考慮阿納絲塔夏是不是真的會模仿些什麼，就這樣宣佈：「親愛的觀眾，接下來由各個當代最佳歌手，為您演唱他們最膾炙人口的歌曲。請！」

噢，沒對她的能力有信心我真是大錯特錯了。接下來的場面……絕對是我怎樣也料想不到的。阿納絲塔夏才剛從她自製的後台跨出一步，便以阿拉．普加喬娃的歌聲唱了起來。不，她不是在搞笑，故意學這位偉大歌手；也不是在模仿她的唱腔。而是不費吹灰之力地唱著，自由地流瀉出她的歌聲、她的旋律，以及她的情感。

更驚人的還在後頭。阿納絲塔夏著重幾個字的音，加上自己的東西為曲子增添了一點小細節。如此一來，阿拉・普加喬娃的歌——我以為要超越她本人是不可能的——便多了一連串新的感受，畫面也更鮮明。例如整場演出都相當精湛的這首歌裡這段：

從前有位藝術家，
擁有一幢小屋
及滿滿的畫布，
偏偏愛上了一名
愛花的女伶。
於是他變賣小屋，
變賣所有的畫與畫布，
再用全部錢財

阿納絲塔夏把重點放在「畫布」。

她用令人戰慄的聲音驚叫出這個字眼。畫布是藝術家最珍貴之物，沒有它就無法創作，但他竟然為了所愛之人拋棄畫布。後來唱到「列車將她載往遠方」時，她表現出陷入情網的藝術家，目送著將愛人永遠載離的火車駛去，那副痛苦、絕望與茫然失措的樣子。

歌聲結束時，我被眼前所見的一切震攝住了，以致於忘記拍手。阿納絲塔夏鞠了躬，由於等不到我的掌聲，便更賣力地唱起新的曲子。她依序唱出帶子裡我最愛的歌曲，每一首我都聽過好幾遍，被她唱起來卻是更加生動傳神。唱完最後一曲後，阿納絲塔夏聽到依舊沒有掌聲，便退到她的「後台」。我則繼續在如此特殊的感官經驗中沉默地坐了一會兒。太過震撼了。最後我跳起來拍手大叫：

「太棒了，阿納絲塔夏！安可！好啊！請所有歌手到台前來！」

阿納絲塔夏小心翼翼地出來鞠了躬。我繼續大喊：

「安可！好啊！」並跳著鼓掌。

她也開心起來，拍手大叫：

「安可——再來一次的意思嗎？」

「對！再來一次、再來兩次、再來更多次！妳表現得太棒了，阿納絲塔夏！比他們更好！妳比我們歌星還棒！」

然後我安靜下來，仔細端詳著阿納絲塔夏。我在想她的靈魂一定是兼具了相當多重的面向，才能為已臻完美的歌曲增添這麼多新的、優美、豐富的色彩。

她也一聲不響地，以沉默和詢問的眼光看我。這時我問她：

「阿納絲塔夏，妳有自己的歌嗎？妳可以唱點自己的、我沒聽過的東西嗎？」

「可以，但我的歌沒有歌詞。你會喜歡嗎？」

「請唱妳的歌吧。」

「好。」

於是她開口唱起自己那首與眾不同的歌。

首先，阿納絲塔夏宛如初生嬰兒般啼叫，接著轉為細柔、親暱的聲音。她站在樹下，雙手貼在胸口，低著頭。彷彿在唱一首搖籃曲、用歌聲撫慰著嬰兒。歌聲正輕柔地對他訴說些什麼。這細得出奇純淨的聲音，使得周遭一切——包括蟲鳴鳥叫——瞬間變得寂靜。

再來，阿納絲塔夏看起來像因為嬰兒甦醒過來而感到雀躍，聲音充滿歡樂。驚人的高音在地面響盪過後直入雲霄，似乎在對誰懇求，經過一番交戰後，又輕撫過嬰兒，將喜悅帶往身邊各個角落。

我也感染到這份喜悅之情。當她唱完，我便開心地大叫：

「現在，我敬愛的女士、先生們，各位親愛的同志，一場空前絕後、獨一無二的精采節目，將由世界最頂尖的馴獸師為您獻上！最敏捷、最大膽、最迷人的，能馴服任何肉食性動物！看吧、顫抖吧！」

阿納絲塔夏甚至興奮得尖叫，她跳起來，手裡打著節奏，大叫一聲，吹了口哨。林間空地開始出現難以想像的畫面：

首先出現的是母狼。牠從灌木叢中跳出來，停留在空地邊緣，困惑地掃視現場。一隻隻松鼠在周圍的樹林裡穿梭，從一根樹枝跳到另一根樹枝。兩隻老鷹低空飛翔，還有某些小動物在樹叢中沙沙作響地移動。接著傳出枯枝斷裂的聲音——一隻大熊扳開、蹂躪了灌木叢，走向林間空地中央，在靠近阿納絲塔夏的地方停住一動也不動。母狼不滿地咆哮，可見這頭熊尚未受邀就過分挨近阿納絲塔夏了。

阿納絲塔夏跑到熊的面前，調皮地拍拍牠的鼻子，抓住牠的兩隻前掌讓牠立起來。她看起來沒花上什麼力氣，也就是說，熊靠自己推敲她的想法完成動作的。牠動也不動地站在那，想知道接下來她要牠做些什麼。

阿納絲塔夏跑了幾步跳上去，抓住熊的鬃毛雙手倒立，再跳下來，在空中翻轉一圈。然後她抓住熊的一隻爪子，彎腰拖著牠的身體，似乎要把牠從肩上摔出去。這招要是不靠熊自己來，是不可能辦到的，阿納絲塔夏只是在做動作引導牠。熊起先倒向阿納絲塔夏，但在最後一刻靠地面上的爪子支撐住全身重量，大概為了不傷到自己的主人或朋友做出最大的努力。

在一旁的母狼越來越焦躁，再也無法光是站著，而開始來回不安地走動、嗥叫咆哮。空地邊緣又來了更多隻狼。而正當阿納絲塔夏再一次試著把熊「過肩摔」、使得牠又倒向她的頭的同時，熊側身倒在一旁不動了。

煩躁到達極點的母狼齜牙咧嘴地朝牠撲過去。阿納絲塔夏這時閃電般地擋住母狼的去路，牠急忙煞住四腳爪子，並隨即翻滾了一圈，碰到阿納絲塔夏的腳。她立刻一手按住乖乖趴在地上的母狼肩部、一手揮動，就像當初我沒有經過她的允許想去抱她那樣。

周圍的森林出現騷動、颯颯作響起來，雖然不具威脅性，不過大大小小的動物都感受到這份緊張的感覺，紛紛跳著、跑著、躲藏起來。阿納絲塔夏開始撫平這股騷動。她先摸一摸母狼，然後再像對狗一樣，輕拍牠一下，示意牠離開。此時熊仍像個動物標本似的，以不舒服的姿勢側面躺著，可能還在等候下一個指示。阿納絲塔夏走過去扶牠起來，搓搓牠的鼻子，再用剛才對母狼的同樣方式，示意牠離開林間空地。

雙頰通紅的阿納絲塔夏高興地跑過來我旁邊坐下，先深吸一口氣，再慢慢地吐氣。我發現她的呼吸立刻就平順下來了，好像沒做過剛才那些驚人的舉動。

「牠們不會表演——也不需要會，因為這不見得是件好事。」阿納絲塔夏說道，接著問：「怎麼樣，我表現得如何？可以在你們那邊找到工作嗎？」

「你很棒，阿納絲塔夏，不過這些我們都有人在做了。馬戲團裡的馴獸師可以跟猛獸玩更多精采的把戲。我們那裡的圈子講求文憑、規定，及職場上的爾虞我詐，妳打不進來的。妳不熟悉這些東西。」

我們的遊戲到最後，焦點變成：阿納絲塔夏在咱們的世界可以上哪找到工作，以及如何克服先天上的條件限制。不過似乎沒一個容易。因為阿納絲塔夏既沒有學歷證明，也沒有身分證件，能夠出示的就只有她的能力；就算單憑這些能力獲得青睞，只要一講到她的出身背景，馬上就不會有人相信——儘管這些能力都很特別。

忽然間阿納絲塔夏嚴肅起來，開口說道：「當然，我想再去一次莫斯科之類的大城市，親眼確認你們的生活百態是不是跟我模擬的一樣。像是，我還沒有完全明白女性怎會受黑暗力量支配到這種地步，不知不覺用肉體魅惑著男人，因而無法做出真正的選擇——選一個跟自己心靈契合的對象。然後她們又為此受苦、無法創造真正的家庭，因為……」

她又恢復一貫的風格，對兩性、家庭和撫養小孩的議題發表精闢獨到的見解。而我暗自想著，她竟然可以如此鉅細靡遺地描述我們的生活百態，而且還精準無誤——在我的所見所聞之中，就屬這點印象最鮮明。

10 誰點亮一顆新星？

第二天晚上，我堅持阿納絲塔夏自己在我身邊躺好，否則我就不去睡覺。我可不想身邊又多出一頭熊，或是有機會讓她想出新花招來為我取暖。我心想，這下她在我旁邊就沒法再作怪了。我說：「妳這樣就叫做請人家來家裡做客？連個建築物也沒有，也不讓我生火，還叫一頭熊來跟我睡，如果妳連個正常的房子都沒有，就不應該邀請客人。」

「好，好，弗拉狄米爾，請你不要擔心，也不要害怕，不會有壞事降臨在你身上的。我就睡你旁邊幫你取暖，好嗎？」

這一次洞裡鋪滿更多雪松細枝和整齊的乾草，連牆壁上都塞了一些。

我脫下衣服，把毛衣和褲子墊在頭底下當枕頭，然後躺下，把外套蓋在身上。雪松細枝散發出科普書上寫的那種揮發性香氣，淨化著空氣——雖然說泰加林的空氣已經很新鮮了，呼吸起來十分順暢。乾草和花也隱約傳來幽香。

阿納絲塔夏信守承諾，躺在我身邊。她的體香比我在任何一個女人身上聞到過的精緻香水味都還要迷人。她散發出的體溫也很舒服，像一團光圈包住她的身體。當我靠過去，它也將我包覆了起來。我和阿納絲塔夏就像待在一個看不到、但感覺得出形體的球或繭裡面。也許是看不見的氣場將我包了起來。在阿納絲塔夏旁邊很舒適平靜，但我已不再有第一天那種想佔據她的念頭。自從那天中途休息我想親她卻被恐懼襲擊而失去知覺後，我的性慾就消失了，就算看到她裸體也一樣。

我的妻子一直未能替我生個兒子。我躺在那兒，想著這件事，想像我兒子是阿納絲塔夏生出來的話……這該有多好啊！她那麼健康、強壯、又漂亮，生下來的小孩一定也很健康。而且長得像我……當然也會像她，不過更像我。他將來是一個堅強、聰明的人……懂得很多、很有天份，而且很快樂。

接著我想到我那小小的兒子吸吮阿納絲塔夏乳頭的畫面，不知不覺就把手放上她的乳房。她的乳房既溫暖又有彈性，我立刻渾身顫抖，一陣酥麻的感覺穿透我全身後立即消逝。

這陣顫抖源自愉悅，而非恐懼，我沒有把手拿開，屏息靜待即將發生的事。

我感覺到她柔軟的手貼上我的手，沒有把我推開。於是我微微抬起身，凝視阿納絲塔夏美麗的臉龐，北方夜晚天空泛白的暮色使她看起來更加迷人，我無法將視線移開。

她湛藍帶點灰褐的雙眼正溫柔地注視著我，使我情不自禁低下去輕輕碰觸並快速、小心地親吻一下她微微張開的嘴唇。又是一陣愉悅的酥麻感。她充滿芳香的鼻息籠罩著我的臉，嘴巴沒有像上次一樣說著：「別這樣，冷靜……。」我也感覺不到一絲恐懼。想要一個兒子的念頭沒有消失，直到阿納絲塔夏溫柔地抱住我，輕撫我的頭髮，將整個身體迎向我，頓時，我感到……！

隔天一早醒來，我才深刻體會到，這輩子從沒經歷過如此至高無上的滿足、喜悅。

奇怪的是，通常我跟女人一夜春宵後會十分疲憊，但這次卻完全不同，甚至感覺像經歷了一場偉大的創造。不僅是肉體的滿足，另一種無以名狀，前所未見、無比美好的喜悅，也充斥著我——光是這樣就足夠了，人生就值得了，我甚至一閃而過這樣的想法。為什麼以前連一次類似的經驗都沒有呢？明明也跟各形各色的女人在一起過，其中不乏年輕貌美、可愛或經驗豐富的類型。

阿納絲塔夏是一個女孩，一個羞澀、溫柔的女孩，但她卻有著某樣，在我認識的其他女人身上找不到的東西。是什麼？現在，她又在哪兒？我在舒適的洞穴裡慢慢移動，湊到洞口探頭出去，望向林間空地。

比起我夜宿的洞穴，林間空地座落在更低一點的位置，籠罩在半公尺高的晨霧之中。阿納絲塔夏就在霧裡，伸開雙臂旋轉，在四周托起一小片雲朵。直到她全身都被這片雲朵包圍時，她輕輕一跳，像個芭蕾舞者，劈開雙腿穿透雲霧，在另一處輕盈地落下，又再一次旋轉，笑著卷起新的雲朵，而日出的光芒正透過這片雲朵，輕柔地灑在她的身上。這一幕使我著迷、驚歎不已。我按捺不住，激動地喊了起來：

「阿、納、絲、塔、夏！早安！美麗的森林仙子，阿納絲塔——夏啊啊啊！」

「早安，弗拉狄米爾！」她也拉高音調，興高采烈地回應我。

「多麼美妙、多麼美呀，現在！為什麼、為什麼會這樣？」我盡全力大喊。

阿納絲塔夏展開雙臂迎向太陽，發出她那迷人開懷的笑聲，拉著長音高聲回答我——以及上面的某個人：

「全宇宙只有人擁有這種感受喲！

「只有當一個男人，和一個女人都真心想要擁有對方的小孩的時候喲！

「只有經歷過這種感受的人可以點亮天空中的一顆星星喲！

「只有想要創造、真心渴望創造的人可以喲！

「謝、謝、你——！」

然後她轉過來，面對我一個人，加上最後一句：「只有真心渴望創造，而不是為了滿足性慾的人才可以喲。」接著又盪漾著笑聲，一跳叉開雙腿，彷彿在空中飛越雲霧。最後她跑過來跟我坐在夜宿地點的洞口，梳理她的金髮，將手指伸入髮根再撥向髮尾。

「所以妳不認為性是一種罪？」我問。

阿納絲塔夏停下一切動作，詫異地看著我。「這跟你們那裡所說的性是同一件事嗎？如果不是，怎樣比較有罪？獻出自己，讓一個真正的人誕生；還是克制自己，不讓一個真正的人誕生？一個真正的人哪！」她說。

我想了一下。確實我們稱之為「性」的東西，不足以形容我和阿納絲塔夏所度過的親密時光。那麼當晚到底發生了什麼事？要用什麼字眼來形容呢？我再次問她：

「為什麼我以前——我想其他人也是——連一點類似的經驗都沒有？」

「知道嗎，弗拉狄米爾，黑暗力量企圖挑逗低級的肉體慾望，使人無法達到神賜的經驗，並遠離真相。它們用盡各種方式誘拐人們相信，只要得到性的慰藉就可以輕易獲得滿足。

「可憐的女性被蒙在鼓裡，終其一生用錯誤的方式，尋找失去的恩典，得到的只有痛苦。如果一個女人真的為了滿足某個男人的性慾，主動獻身，讓自己淪為妓女，那就永遠無法防止對方偷情——就算嫁給他也一樣。他們在一起的日子不會幸福，他們的結合只是表象，謊言，一場互相欺瞞的騙局。

「噢，人類發明多少律法，硬要用人為的方法，鞏固這樣虛假的結合——宗教也好、法律也好——都是沒有用的。人們只是強迫自己合演這齣戲碼，屈就它，並聲稱這樣的結合具合法效力。內在的想法卻永遠無法被改變，永遠不受任何人或任何事物的控制。

「耶穌基督了解這點，並且試著反駁過，他說：『凡注視婦女而動淫念的，心裡已經跟她通姦了。』10

「後來，也就是不久之前，你們還在想辦法給拋棄家庭的人貼上不貞不潔的標籤。可是，沒有什麼可以阻止一個人產生渴望——渴望追求他在直覺上感覺到美好、能帶來巨大滿足的事物。不管在什麼時候、在什麼情況下，人都會堅持追求這樣的事物。

「在謊言底下結合是可怕的。

「孩子們！弗拉狄米爾，你知道嗎，孩子們！他們感受得到這種結合的不自然和不誠實，使他們傾向懷疑雙親說的每一句話。孩子們還在母親肚子裡就能下意識地察覺出謊言了，這讓他們很難受。

「你說誰想當一時情慾的產物呢？只要是人，都想在創造的渴望所激起的浪潮中誕生，成為愛的產物，誰也不想只是一場肉體尋歡的結果。

---

10 馬太福音五28。

「在謊言底下結合的雙方，日後將瞞著彼此，暗地裏尋找真正的滿足。他們將一個換過一個，嘗試不同的肉體，做出對不起自己身體的事情，同時心裡明白，自己離真正的幸福越來越遠了。」

「等等，阿納絲塔夏，」我說，「難道第一次只有性的男女就註定如此，沒有轉圜的餘地嗎？」

「有，方法我知道了，可我上哪找出可以表達的詞句呢？我在過去未來裡搜尋了好久，卻一直找不到正確的詞句。會不會它們其實已經呼之欲出？快了，就快出現了，新語即將誕生，能被心靈和頭腦同時接收的新語——能描述古老的原始起源真相。」

「別急，阿納絲塔夏。先用妳既有的詞句說看看。除了兩個人的身體，要達到真正的滿足，還需要什麼？」

「覺察！共同創造的渴望。真摯、純潔的動機。」

「妳怎麼知道的？」

「不只我，維列斯、奎師那、羅摩、濕婆、基督、穆罕默德和佛陀，這些開悟的人，也曉得並傳佈過相同的真理。」

「妳什麼時候、妳在哪讀……別告訴我妳讀過他們？」

「我沒有讀過，我只是純粹知道他們說過什麼、在想什麼和要什麼。」

「反正雙方只有性行為，妳覺得很糟就對了？」

「糟透了，害世人遠離真理又破壞家庭，浪費這股巨大的能量。」

「那為何有這麼多色情雜誌和電影，全是性感撩人的裸女，不就是大家都想看嗎？豈不是說我們全人類都糟透了？」

「人類並不糟糕。但是黑暗力量遮蔽靈性、挑逗性慾的手法非常強大，造成人類大量的災難與痛苦。它們操弄女性，利用女性的美。女性的美，真實作用在於喚起與擁護男人靈魂內在的詩人、藝術家與創造者。為此，女性必須先是純潔的；否則會用身體的美誘惑男人，成為徒具外表、內在空洞的花瓶，欺騙了男人，為自己帶來終生痛苦。」

「所以？人類對存在了幾千年的黑暗力量始終無能為力？那麼想必它的力量凌駕在人類之上，就算有妳說的那些開悟的人，也無法與之對抗不是嗎？那麼，真的有必要對抗它嗎？」

「絕對有必要！」

「要靠誰？」

「女性！瞭解真相，瞭解自身天賦的女性。到時男人也會跟著改變。」

「這很難吧，阿納絲塔夏，哪個正常的男人可以在出差或度假、女友不在旁邊時，抗拒得了美腿和胸部的誘惑？事情就是這樣，沒人改變得了，絕無例外。」

「可是我讓你做到了。」

「妳讓我做到啥？」

「你不會再有傷人害己的性行為了。」

一個可怕的念頭如雷擊般劈中了我，昨夜的美好瞬間蕩然無存：「妳，妳做了什麼？我，什麼？……我，我現在……成了性無能了？」

「恰恰相反——你成為真正的男人了。你會對一般的性愛感到厭煩，它無法帶給你昨晚經歷過的感受。只有當一個愛你的女人同時和你一樣渴望懷有對方的孩子時，你才可能經歷這種感受。」

「愛我？但是這種條件……一輩子或許難能有幾次啊！」

「相信我，弗拉狄米爾，那就夠你幸福一輩子了。你會瞭解的……你以後感覺得到的……。

「人們一再進入肉體關係，卻不曉得真正的滿足無法單從肉體獲得。當一對男女生命中各個層面融合在一起，被光明的力量激發產生創造的渴望，便能感受到極大的滿足。造物者只賦予人類這種感受。它不會稍縱即逝，跟瞬間的肉體快感完全不同。它將長存各個層面，不只為這個男人帶來幸福，也為能按照造物者形象生育的女人帶來幸福！」

阿納絲塔夏說完想用手碰我，坐得更近一點。我立刻閃開，整個人縮進洞穴的角落對她大吼：「妳給我走開，不要擋在那裡！」

她站起來，我爬出洞口。站在我面前的她眼神毫無歉意，我倒退了幾步，嚴厲地指責她：「妳剝奪了我生活的樂趣！這可能是我生命中最大的樂趣！大家都想盡辦法得到它，只是沒有大聲說出來而已！」

「這種樂趣，是幻相，弗拉狄米爾。我幫你擺脫了這種致命、可怕的嗜好。」

「我才不管它是不是幻相。這是大家公認的樂子。別再自以為是地剝奪任何妳自認為會讓我致命的嗜好，害我從這離開後，變得不想再碰女人、大吃大喝跟抽菸了！那不是大多數人的正常生活型態。」

「抽菸、喝酒，沒來由地消化這麼多動物的肉傷身害體，到底有什麼好處呢？有這麼多美妙的植物是專為人類食用而生長的。」

「妳愛吃植物自己去吃吧，少管我。我們就是有很多人喜歡抽菸喝酒、好好大吃一頓。那是我們的風俗習慣，懂嗎？我們的風俗習慣！」

「可是你說的每一樣都不好，傷身害體。」

「不好？傷身害體？但我大多數的熟人、朋友都是這樣子。假如客人特地到我家來慶祝，圍坐在桌邊時，聽到我說：『來，嗑個松子，吃點蘋果吧。這裡有白開水。還有，請不要吸菸。』──這樣才一點都不好。」

「你們和朋友聚在一起，主要是為了馬上圍坐在桌邊，抽菸、喝酒，大吃一頓嗎？」

「這不是重點，重點是全世界的人都這麼做。有的國家還有傳統慶典食物，例如火雞大餐。」

「你們那裡沒有每個人都這樣。」

「也許不是每一個人，但我生活在正常人之中。」

「為什麼你覺得你身邊的那些人，才是最正常的？」

「因為他們佔大多數。」

「這個理由不夠充分。」

「對妳來說不夠，因為妳沒有辦法反駁。」

我對阿納絲塔夏的怒氣漸消。現在我腦子裡搜尋的是聽過哪些藥方及主治性功能的醫師。若她已經對我造成傷害，我想至少醫生有能力幫我復原。「好吧，阿納絲塔夏，讓我們言歸和好吧，我不氣妳了。謝謝妳給我美好的夜晚，只是希望妳別再擅自幫我戒掉任何習慣。我可以靠現代醫學治好我的性功能，我們有醫生跟治療的處方。走，去游泳吧！」

我走向湖邊，沿途欣賞森林美麗的晨間景致。正當我的好心情恢復得差不多時，天哪，她又來了！她緊跟在我後面，說：「你們的醫生跟處方幫不了你。真要幫你復原，他們得從你記憶裡抹去發生過的一切和你的感受。」

真是傻眼，我停下來。「那妳來幫我恢復。」

「我也不行。」

我的怒氣跟恐懼又再次高漲：「妳，妳……妳還敢說！妳插手毀了我的人生！妳可以對我做卑鄙的事卻不能幫我復原？」

「我沒有做卑鄙的事。你這麼想要一個兒子，可是好些年過去了，你生命中的女人都不能替你生一個。我也想生一個你的孩子，一個男孩子，我可以的……這對你難道不是件好事嗎？為什麼你要先往壞處想呢？也許你以後會明白的……請你不要怕我好嗎，弗拉狄米爾，我絕對沒有干涉你的心理狀態，這一切是自然發生的。可以說是因為你想要它發生才發生的，你得到你要的了。

「不過，我仍亟欲幫你擺脫另一個致命的惡習。」

「什麼東西？」

「高傲。」

「妳真的有夠怪的，妳的思想跟妳過的生活毫無人性。」

「為什麼這麼說，我哪邊失去人性讓你這麼害怕？」

「妳自己一個人住在森林裡，在這裡跟植物還有野獸溝通。我們那裡沒有人像妳這個樣子，告訴妳，連一點類似的也沒有。」

「怎麼會，弗拉狄米爾，為什麼你這樣說？」阿納絲塔夏有點慌了，「那小農呢，小農也會跟動植物溝通啊，雖然還不是那麼有意識地，但他們很快就會瞭解了。已經有很多人開始意識到了。」

「哇，她還是個小農呢！妳的光線又怎麼說。還有妳不看書卻知道很多事。不就是在裝神弄鬼。」

「這些全都可以解釋的，弗拉狄米爾，只是我現在沒辦法一下子全部解釋給你聽。我一直試著要這麼做，可是好像一直沒找到正確的、可以讓你理解的說法。請你一定要相信我，我所做的一切都是來自人的本能。那是人自始就被賦予的。自原始起源流傳下來的。我做得到的事情，每一個人都做得到。所有人遲早都會回歸至原始起源。這會循序漸進地發生，等光明力量獲勝，所有人都會，一點一滴，回到最初的源頭。」

「那妳的演唱會要怎麼說？妳唱了我最愛的歌手的歌，模仿她們的聲音，而且順序還跟錄影帶一模一樣。」

「是這樣的，弗拉狄米爾，那卷錄影帶我有看過一次。這件事我稍後再跟你說。」

「妳一次就把所有的歌詞和旋律記起來了？」

「是啊，很難嗎？有什麼好奇怪的嗎？……啊，我在說什麼呀！我實在太愛現了！我嚇到你了！我真是語無倫次又不懂得節制，我祖父就這樣說過我。我以為他是因為愛我才這樣說的，但我看我真的是一個不懂節制的人。拜託……弗拉狄米爾……」

阿納絲塔夏焦急的口吻聽起來又像個普通人，可能是因為這樣，我不再覺得害怕。現在我關心的是我兒子。

「好啦，我已經不怕了……只是請妳克制一點，就像妳祖父說的。」

「是啊，祖父他……哎呀，我怎麼老是說個不停呢？好想把全部的事都告訴你，我話太多了對不對？我會努力，努力克制我自己，只說讓人聽得懂的話。」

「妳就要生了不是嗎，阿納絲塔夏？」

「當然！只是時機不對。」

「時機不對是什麼意思？」

「應該要在夏天，大自然能幫忙的時候。」

「既然這對妳和孩子來說太冒險，為什麼妳還選擇這麼做？」

「別擔心，弗拉狄米爾，至少孩子會活下去。」

「那妳呢？」

「我會試著撐到春天，春天一到，一切就恢復正常了。」阿納絲塔夏對自己的生死不帶感傷或懼怕地說著，然後跑開，跳進湖水。濺起的水花在陽光中閃閃發光，像煙火般點點墜落在清澈如鏡的湖面。三十秒後她慢慢浮出水面，臉上帶著微笑，雙手展開，手心朝上漂浮著。

站在岸邊的我看著她，不禁想著：「她跟小嬰兒躺在其中一個藏匿處的期間，松鼠聽得到她彈手指嗎？她有哪個四腳朋友會來幫她嗎？她的體溫夠給小嬰兒溫暖嗎？」

「要是我的身體變冷了，寶寶沒有東西吃就會開始哭，」阿納絲塔夏從水裡出來悄聲地說：「他的哭鬧聲將喚醒初春乍到的大自然，或其中一小部分來餵養他。到時一切都好，不會有問題的。」

「妳讀了我的心？」

「不，我猜你正在想這件事。你會這樣想很自然。」

「阿納絲塔夏，妳說妳的親人住在附近，他們能過來幫妳嗎？」

「他們都很忙，不該讓他們放下手邊的事。」

「他們在忙什麼？妳呢，阿納絲塔夏，要是基本上都是大自然在替妳服務，妳一整天都在幹嘛？」

「我都在……我都在想辦法幫助你們所謂的園藝愛好者或夏屋小農。」

11 她最愛的夏屋小農

阿納絲塔夏開始熱烈地說起跟植物交流的人將開啟多少又多少的可能性。總歸一句，有兩個主題她說起來特別興奮與著迷，簡直對它們熱愛到了極點，那就是「撫養小孩」與「夏屋小農」[11]。要是把她大力推崇夏屋小農的話都寫出來，恐怕大家看了都得向他們下跪了。她說呢，這些小農拯救全民免於饑荒、在人們心中撒下良善的種子、陶養未來世代等等，族繁不及備載，都可以再另外寫一本書了。她還不斷舉例說明，企圖加以佐證和支持自己的論點，像是：

11 夏屋小農（dachnik）：指在夏屋（dacha）照顧園子的人，通常是假日或是夏天的時候。在此書中大部分簡稱為「小農」。

「知道嗎，接觸夏屋[12]的植物可以讓你今天所居住的這個社會了解到許多事情。沒錯，就是園子裡每一株植物你都認識的那個夏屋；不是一大片沒有人、只有怪物般的無情機具在上面爬行的農地。很多小農在自己的夏屋工作，因為身心舒暢，反而變得更長壽，心地也更加善良。就是這些小農能夠幫助整個社會意識到，技術治理式的發展所形成的致命傷害。」

「阿納絲塔夏，這些是不是真的，現在不重要。我只想知道這跟妳有什麼關係、妳要怎麼幫忙？」

她聽了拉著我的手到草地上躺下。我們一起躺著，手心朝上。

「閉上眼睛，放鬆，想像我說的。現在我要用我的光線找到一個你們所謂的夏屋小農。」

接著她安靜了一會兒，才輕聲地說：

「有一位老婦人正翻開一塊浸泡黃瓜種子的紗布。種子已經發芽了，可以看得到一點芽尖。她拿起其中一粒種子。我剛剛暗示她不能把種子這樣泡著，移植的時候會變形，而且這種水不是很理想，會讓種子生病。她覺得自己忽然想到這點——這也沒錯，我只是幫點小忙而已。接下來她就會跟其他人分享自己的新發現。小事就這樣完成了。」

阿納絲塔夏說她常在意識裡模擬各種工作中或休息中的狀態，以及人跟人之間、或人跟植物之間互動時可能產生的情況。一旦夠逼真，就能連結到真的人。她可以看見他、知道他的煩惱跟感覺，彷彿自己進入他的形象將知識分享給他。阿納絲塔夏還說植物會對人產生反應，可以愛一個人也可以恨一個人，因此會對這個人的健康造成正面或負面的影響：

「這方面我還有很多工作要做。我常在夏屋園子裡打轉，小農到他們的夏屋探視作物就像探視自己的孩子一樣，可惜還是出於直覺的反應，他們還沒有清楚地意識到這層關係背後真正的意義。

---

12 夏屋（dacha）：指俄羅斯城市居民在郊外的屋舍園地。蘇聯時期，土地歸國有；集體農場運作失效下，市場上難買新鮮食物，城市居民企盼有塊土地自耕自食。一九六〇年代，政府開放一般家庭申請一塊約六百平方公尺的土地作耕種用途，並可搭建小屋，即為夏屋。到九〇年代改革後，夏屋土地得以私有化，能買賣或擴充。如今市場糧食供應無虞，不過許多人仍偏愛自家耕種的蔬果；每逢週末假期（特別是夏日），許多城鎮居民紛紛返回郊外的夏屋休憩、和親友團聚。據官方統計（Rosstat, 2012），夏屋及其他自給農園所生產的馬鈴薯、蔬菜、水果及莓果，各項都佔全國總產量的65％以上。

「地球上的一切——每一根小草、每一隻小昆蟲——都是為人類創造的，有各自的使命要來替人服務，種類如此繁多的藥草就是最佳證明，但你們那裡的人不太知道怎麼充分利用它們。」

我請阿納絲塔夏舉一些可以被親眼證實跟通過科學檢驗的例子，好具體說明與植物有意識地交流所帶來的好處。她想了一下，眼神突然亮了起來：「小農！我最愛的小農！他們會證明一切，他們會的！你們的科學要傷腦筋了！我之前怎麼都沒想到，我怎會不懂呢？」某個靈光乍現的點子讓她整個人興高采烈。

我幾乎沒看阿納絲塔夏低落過，有時她的確會變得嚴肅、全神貫注地思考一件事，但她更常因為某件事而開心。這次她高興得跳起來拍手，我覺得整個森林都跟著亮起來，用樹梢傳來樹葉抖擻的聲音跟鳥兒的歌唱來回應她。

她如跳舞般旋轉起來，神采奕奕地坐回來我旁邊，說：「大家會相信的！這全要歸功於我親愛的小農，他們會向你證實和說明一切。」

我趕緊打斷她，試著把她拉回原來的話題：「這倒沒必要。妳說昆蟲都是為了服務人類而創造的，但是妳要大家怎麼在廚房桌上有噁心的蟑螂在爬時相信牠們也是為了服務人類而創造的？」

「蟑螂，」阿納絲塔夏回答：「只會爬上骯髒的桌子，為了搜集人眼看不到且開始腐敗的食物殘渣，牠們分解它們，再把無害的殘餘部分移到不起眼的地方。如果牠們數量太多，放一隻青蛙進屋子裡，多餘的蟑螂會立刻跑掉。」

接下來阿納絲塔夏向小農提出的建議，大概有違植物學的理論，且絕對和一般農法的種植與培育技術互相抵觸。不過她的主張角度十分宏觀，因此我認為有機會的人不妨試試看，不一定要整片地都使用她的方式，也許一小塊，反正有好無壞。而且生物學家普羅霍羅夫（N. M. Prokhorov）已經由實驗證實她大部分的說法。

12 阿納絲塔夏的建議

／種子——醫生／

阿納絲塔夏表示：

「你種下的每一顆種子都含有大量的宇宙資訊，其數量與準確性，沒有任何人為提供的數據比得上。種子利用這些資訊，可以毫秒不差地知道自己何時該甦醒與萌芽，知道該從大地汲取何種汁液、如何運用日月星辰的光、如何生長及結出何種果實。

「果實是為了維持人類的生命能量而生長的。這些果實能抵禦、戰勝人體的任何疾病，比現在或將來的人工藥物更有效。為了達成這個目的，種子需要知道一個人的身體狀況，才能在果實成熟的過程中調配出必要的成分比例，特別為這個人治療他現有或潛在的疾病。

「要讓菜園裡的番茄、黃瓜或任何一種作物的種子知道一個人的健康狀況，需要做到下面幾件事：

「播種前先將一或數粒種子放進舌頭下面含住，至少九分鐘；

「再將它們吐出放置掌心，用雙手包住大約三十秒；

「將它們包在手裡的時候必須赤腳站在待會要播種的土地上；

「接下來掀開手，將它們小心翼翼地捧在手心抬高，對著嘴巴，向它們呼氣。被你呼出的氣溫暖的小種子就會知道你體內的狀況；

「最後手打開捧著它們朝向天空三十秒，將種子呈獻給天體。種子將會決定向上伸展的那一刻。所有星星都會幫它！而星星也會幫你把幼苗所需要的光送到它們身上；

「然後你就可以把它們種在土裡了。千萬不要馬上澆水，以免洗掉你沾在種子上的唾液和資訊，種子需要將這些吸收進去。三天後再澆水就可以了。

「每種蔬菜要在適合的日子（這個我們已經有陰曆可以參考）播種。提早播種但所幸沒有澆水，至少比過時才種下去好得多。

「種子冒芽的地方，周圍的雜草不應該全部清除乾淨，每一種至少要留下一株。雜草可以割下來……。」

據阿納絲塔夏所稱，如此一來，種子就會把一個人的資訊吸收進去，並在果實成長的過程中為他自宇宙和大地集合所有必要的能量。而雜草之所以不該全部去除是因為它們有各自的功用在，有些能保護你的作物不會染病，有些能為之提供額外的資訊。另外，一定要在作物成長的過程中和它交流——在它生長的期間接近它並且碰觸它——至少一次，且最好是在滿月。

阿納絲塔夏說這樣的種子所結出的果實，被種植它的人食用，絕對能治好體內任何一種疾病、降低器官老化，且能戒除不良的嗜好、使智力倍增，並帶來內心的祥和平靜。在採收的三天內食用最有效。

以上步驟要對菜園裡不同的作物實行。

不必整個畦床的黃瓜、番茄等作物都用這種方式種植。只要幾株就夠了。

用這種方式培養出來的果實不只和同品種的其他果實味道不同，若真的拿去化驗，也會發現它們的成分不大一樣。

要移植幼苗時，先在準備好的坑裡用雙手和腳趾鬆土，然後朝坑裡吐口水。「為什麼要用腳？」阿納絲塔夏解釋說人會透過腳汗分泌出帶有體內疾病訊息的物質（大概是毒素），種苗接收後會將訊息傳送給能對抗疾病的果實。她建議要時常赤腳在園子裡走動。

有沒有一定要種的作物呢？阿納絲塔夏說：

「一般人在園子普遍種植的各種植物就綽綽有餘了：懸鉤子、醋栗、黑加侖、黃瓜、番茄、草莓、任何一種蘋果。如果有花還有甜櫻桃或酸櫻桃就更棒了。數量和種植面積大小並不重要。

「另外若缺少某些植物就很難調節出完整的微氣候能量，像是：向日葵（至少要一株）；一點五至兩平方公尺的面積用來種植穀物也很重要，如小麥、黑麥；還有，至少要保留兩平方公尺的野草區域——這塊區域不能經由人工培育，必須是野生的。若你的園子已無各種野草留存，你得到森林裡帶回一塊草皮來創造這塊區域。」

我問阿納絲塔夏若園地籬笆外不遠處就有各式各樣的野草，是否還需要親自在園子裡種植這幾種她認為必要的植物，她這樣回答：

「不只是植物的多樣性，種植它們的方式、與它們親自交流也很重要，這樣它們才能吸收飽滿的資訊。我已經告訴你其中一種方式，也是最基本的原則。關鍵在於，讓周圍的自然環境充滿你的資訊，這樣你才能不單靠果實，獲取更多療癒、滋補你的生命能量。荒野裡——你們這樣稱呼，但它其實不是荒野，只是你們不熟悉罷了——有各種植物可以用來治療所有的疾病，這些植物就是為此而創造的，只是人類遺失了、或幾乎遺失了辨識它們的能力。」

我告訴阿納絲塔夏我們也有專售藥草的藥店，還有許多醫生跟靈療者有使用草藥治療的本領，她回答我：

「最好的醫生就是你的身體。你的身體打從一開始就知道什麼時候用什麼樣的藥草，知道你該如何進食與呼吸。它甚至能在疾病形成前就加以預防。沒有人能取代你的身體，因為這是神只為你、特別賜給你的醫生。我現在是在告訴你怎樣讓你的身體有機會為你帶來好處。

「當你和園地裡的植物建立關係後，植物們會治療你、照顧你。它們會主動替你作出診斷，並為你量身打造最好的特效藥。」

／蜜蜂螫誰／

每塊園地至少要有一窩蜜蜂。

我告訴阿納絲塔夏我們只有少數人有辦法處理蜜蜂。大家還為了這個去上專門的培訓課程，但受過訓的人也不見得就能做得很好。她卻說：

「你們為飼育蜜蜂所做的事，其實有很多是在妨礙牠們。近千年來，世上只有兩個人對這種獨特生命體的認識較接近完整。」

「誰？」

「兩位被尊為聖人的僧人。你們可以從修道院的藏書讀到他們的資料。」

「妳，阿納絲塔夏，閱讀教會典籍？在哪？什麼時候？妳根本連一本書也沒有。」
「我用另一種比較完整無誤的方式取得訊息。」
「啊？妳又在說讓人聽不懂的話了。妳保證過不再故弄玄虛或裝神弄鬼的。」
「我會解釋給你聽的，也可以試著教你。你可能不會馬上理解，不過這很簡單也很自然。」
「好吧，但先告訴我要怎麼在園子裡養蜂？」
「只要幫牠們造一個類似在自然條件下的巢就行了。再來的工作就只有提取一部分蜜蜂製造的蜜、蠟及其他對人有用的物質。」
「阿納絲塔夏，這一點都不簡單。誰知道自然的巢該怎麼弄啊？妳得說一下怎麼用我們現有的材料製作，這才比較實際。」
「好，」她笑了。「那你要稍等了。我得照你說的模擬一下現代人手邊有些什麼東西。」
「還有要放在哪裡才不會有礙觀瞻？」我補充。
「這個我也試試看。」

她在草地上躺下來，就像之前每次開始要模擬她的——應該說是我們的——生活百態那樣，不過這次我很仔細地觀察她。阿納絲塔夏躺在草地上，雙手往兩邊打開，掌心朝上。她的手指微微彎曲，指尖——或者說兩邊各四隻手指的指腹——同樣朝上。

一開始她的手指輕微地抽動著，然後停止。

她閉著眼睛，身體完全放鬆，臉部表情也是。但接著她的臉隱約掠過某種感受或知覺。

事後她又說明，在某特定教養方式中長大的人，可以發展出遠距離觀看的能力。

至於蜂巢，阿納絲塔夏說：

「要弄一段中空原木。可以拿一段原本就有洞的原木，把洞拓寬加深；或是用落葉喬木的木板拼接成筒狀。木板的厚度不能少於六公分，內部容積的長寬至少要四十乘四十公分，深度至少要一百二十公分；木板內側接合處裝上三角柱形的木條，讓它們呈圓角，可以稍微黏起來（木條），以後蜜蜂自己會把它們固定住。兩端的開口可以用同樣厚度的木板封起來，一端讓它封死，另一端讓它可以打開。要讓這一塊木板可以打開，木板裁切的大小要在先放入草或布後可以剛好塞進去。沿著其中一個木板拼接處的邊緣，開出寬度約一點五公分的長條縫。這一整條或分成幾段的長條縫，要在距離可打開的那一端三十公分處終止。這樣的中空原木可以架設在園中某處。

「原木筒須離地面二十或二十五公分以上。長條縫朝南。最好架設在屋簷下，這樣蜜蜂飛出來時才不會有人去擋到而被蜜蜂纏上。

「原木筒必須傾斜二十到三十度角。可打開的那一端朝下。

「可以把它放在閣樓，但要確保那裡通風良好。屋子朝南面的屋簷下或屋頂上還是最好的位置，只要有方法可以上去取出原木筒裡一部分沾滿蜂蜜的蜂窩就好。原木筒正上方要有篷子遮陽。它要立在平面上。冬天可以加強保暖。」

我提醒阿納絲塔夏這樣的原木筒會很重，而且加上遮篷和平台會破壞房子的外觀。問她該怎麼辦才好？結果她有點驚訝地看著我說：

「這麼做的原由，主要在於你們養蜂人的動作不完全正確。祖父有跟我說過。現代的養蜂人發明各種蜂巢結構，但每一種都涉及人類持續性的干擾：移動有蜂窩的巢框，並在冬天把蜂巢連同蜜蜂移到別的地方。不能這麼做的。

「蜜蜂壁壘分明地按照嚴格的距離建立各自的蜂房，其中包含完整的通風及防禦系統，任何干擾都會破壞這個系統。牠們必須修復被破壞的部分，而不得不停止採蜜和養育幼蜂的工作。

「在自然的條件下，蜜蜂住在樹洞裡，足以應付所有的狀況，一切不成問題。我已經告訴你如何用最接近自然的條件飼育牠們。有牠們在很棒，牠們的授粉率最高，可以增加收成，這個你們已經很清楚了。

「不過你們可能還不知道的是，蜜蜂會用伸長的口器打開植物的氣孔，讓星星所反射的能量進入，額外補充植物需要的——也等於是人需要的——資訊。」

「但是蜜蜂會螫人啊。要一直提防、擔心受怕的話，叫人怎麼在夏屋好好休息呢？」

「如果人的動作對牠們有侵略性、手揮來揮去、產生恐懼，或者不是對蜜蜂，而是對他人也有侵略性的想法時，牠們就會螫人。牠們感受得到，不允許有任何黑暗情緒放出的射線。牠們還可能螫在人體通向某個染病器官的經絡末梢，當這個器官的保護膜破裂了或有其他損傷。

「你們知道蜜蜂對你們說的脊神經根炎有很好的治療效果，但牠們還有非常多的功用，不止這樣。

「如果我把蜜蜂的事全都告訴你，還像你要求的那樣每個都提出證明，恐怕你要在這裡待上好幾個禮拜而不是幾天了。你們已經在探討蜜蜂了，我只是針對你們所知的提出一些修正——請相信我，這些修正非常重要。用這種蜂巢很容易就產出一窩蜜蜂。在把蜂群引入以前，先放一點蜂蠟和蜜源植物在裡面。不用放自製的巢框、巢礎。之後當蜂群在臨近幾座園地裡活動，自然會開始繁殖，蜂擁而至佔領空的原木。」

「要怎麼取出蜂蜜？」

「打開底端的蓋子，將懸掛著的蜂窩折下一部分，取出密封其中的蜜跟花粉。別貪心喔，留一些給蜜蜂過冬很重要，而且頭一年最好完全不取蜜。」

／早晨你好！／

阿納絲塔夏把她的晨間巡禮改成夏屋園地版：

「早上，最好在日出時，赤腳走進園子裡，憑感覺走到想接近的植物前。可以摸一摸、動一動它們，一切隨心所欲，不必要公式化，變成每天重複的刻板動作。不過要在梳洗之前，這樣植物就能嗅到你身體在睡覺時從皮膚分泌出的物質。要是天氣暖和，旁邊有塊小草地的話——最好有這樣的草地——躺在上面伸展個幾分鐘。如果這時有小昆蟲爬到你身上，不要趕牠。很多小昆蟲會打開你的毛細孔清理一番。通常體內各種疾病的毒素會從毛細孔分泌排到體表，好讓你把它們洗掉。如果園子裡有流經的水域，你可以跳進去；如果沒有，就往身上淋水——這時要赤腳站在畦床跟植物附近，在幾個畦床之間更好，或是一天早上在懸鉤子叢旁邊，隔天在醋栗叢旁邊……諸如此類。淋完水不要馬上擦乾，手抖一抖，把水甩向周圍的植物，身上每個部位的水也都用手抹掉。之後就可以照平常的方式，用你習慣的器具盥洗了。」

／晚上的手續／

「晚上睡前要用加了一些（幾滴）濱藜或蕁麻汁液的水洗腳，可以兩樣都加，但不要加肥皂或清洗液。洗過腳的水倒進畦床裡。在這之後有需要的話可以再用肥皂洗腳。晚上這道手續非常重要，原因有二：身體透過腳汗把體內的疾病趕出來，所以必須清潔毛細孔，把上面的毒素洗掉。濱藜和蕁麻在這方面的效果很好。把洗腳水倒進畦裡則是可以向微生物和植物補充你當天的生理資訊，這點也很重要。將這些資訊吸收進去後，你身邊的有形與無形世界才能從宇宙和大地中，為你的身體挑選出正常運作所需的能量。」

／它自己會打理一切／

飲食方面她會怎麼建議我也很感興趣，因為她自己的方式非常特別：

「阿納絲塔夏，跟我說妳認為人應該怎麼進食吧——該吃什麼、什麼時候吃、一天幾次，又需要多少份量。我們很關注這個問題，有超多食療跟減肥建議菜單的書。」

「在一個技術治理的世界底下，很難想像人可以擁有不同的生活方式。黑暗力量一直在利用它們累贅的人工系統，企圖取代自始就被賦予人類的自然機制，這種人工系統違反人類的自然天性。」

我請阿納絲塔夏說得簡單、具體一點，不要搞什麼哲學。於是她說：

「你知道嗎，你的這些應該吃什麼、什麼時候吃、吃多少的問題，沒有誰的答案，可以比每個人自己的身體回答得更好。

「感到饑餓和口渴是給我們的訊號，告訴我們該進食了。這才是最適合的時候，每個人都不一樣。技術治理的世界無法確保在不同時刻滿足每個人身體飢渴的需求，在無助的情況下，驅使人進入一個樣板化的模式，並給它一個正當化的理由。

「想像一個人坐了半天，幾乎沒有消耗能量；另一個人從事勞力或因跑步而滿身大汗，消耗了十倍能量：這兩個人卻必須同時吃飯。

「人該在身體提出建議的當兒去進食，除此之外，不該聽從別的建議。我知道你們的情況真的很難做到，但住在自家菜園旁邊的人就有機會了。他們應該好好利用這個機會，放掉違反自然、人為的規範。

「我可以以此類推，繼續回答你該吃什麼的問題，答案是：當下身邊有的東西。身體自己會選擇它需要的。我還有個另類的建議：假如你家有動物（例如貓或狗），仔細觀察牠們。牠們會不時從草叢裡挑出某種草來吃，你也應該拔些同樣的草加進你要吃的食物裡。不用每天，一個禮拜一、兩次就夠了。

「也應該自己收成穀物，將它們脫粒、研磨成粉，然後做成麵包。這相當重要。一個人一年只要吃一兩次這種麵包就足以產生許多能量來活化自己的精神力量。不只對身體有正面的影響，心靈也會獲得平靜。如果你帶著真心誠意把這種麵包送給親人好友，對他們也會有很好的影響。

「每年夏季至少有一次連續三天都只吃自家園子長出來的蔬果，再配上麵包、葵花油、少量的鹽——光是這樣就對人體的健康非常有幫助了。」

我前面已經提過阿納絲塔夏是怎麼進食的。就連她在講這些的時候，也會不自覺地拔起一片草葉嚼了起來，同時也拔一片給我。我決定試吃看看。嗯，沒什麼特別的味道，不過也不難吃就是了。

阿納絲塔夏似乎把整個進食、補充她身體能量的事情都托給大自然了，從沒讓這些事情打斷她思考別的問題。同時她的健康也跟她美麗的外表關係密不可分。

阿納絲塔夏說，跟自己園子裡的土地和植物建立這種關係的人，將能避免所有疾病。疾病本身即代表一個人脫離了原本保護他身體健康、支持他生命能量的自然機制。這些自然機制跟任何疾病對抗都不成問題，因為這就是它們存在的意義。而在自己小小的自然世界裡，建立這種訊息交換的人能獲得的好處，遠非對抗疾病而已。

13 在你的星星下入眠

前面說過，阿納絲塔夏只要一講到植物、跟植物交流的人就會熱情洋溢。我以為像她這樣住在大自然裡，只對大自然有研究，沒想到她也對星體有所認識。她似乎感覺得到宇宙天體。由你們自己來評斷，關於睡在星空下的事，她是這樣說的：

「植物接收到一個特定某人的資訊後，便開始跟宇宙交換訊息，不過植物只是中間的媒介，執行的任務有限，只涉及肉體跟部分心靈層面的影響。植物從不觸及只有人腦及人類生命層面才有的複雜程序，這個星球上沒有任何動植物有這種複雜的系統。然而，植物建立的訊息交換能促使人類發揮其獨有的一項能力——使用宇宙智能，或者說得準確些——跟宇宙智能通訊。簡單幾個步驟就能進行，並且感受到它的效益。」

阿納絲塔夏詳細說明如下：

「選一個天氣狀況允許的夜晚露宿在星空下。

「把你的床位鋪設在懸鉤子、醋栗叢或穀類作物的旁邊。只有你一個人。

「躺下來面對天空的同時先不要閉上眼睛。讓意念隨著眼神，在星星間游移，不要費心、太用力去想它們，讓你的意識保持輕盈、自由。

「然後試著想想那幾顆最明顯的星星。再來，想想珍藏在你心中的美好事物，以及與你親近的人、想祝福的人。

「這時千萬不要想著報復、詛咒誰，因為這可能會在你身上招致不好的結果。

「這個簡單的做法會活化你腦中許多沉睡的細胞，其中絕大多數甚至在人的一生中都不曾有機會醒來。

「宇宙的力量將與你同在，協助你實現最璀璨、不可思議的夢想，你的內心將獲得平靜，並跟親近的人維持良好關係，同時增加或者獲得他們對你的愛。

「多做幾次很有用。它的作用，在你長期接觸植物的地方，還有在你一早起來的時候，都感覺得到。每年生日前夕做這件事尤其重要。現在解釋它怎麼產生作用會解釋很久，而且也不是重點，有些你不會相信，有些你不會理解。跟親身嘗試過、體會到效益的人解釋，會快速且容易得多，因為人在接收並證實訊息後，領悟力就會增強。」

14 星星之女

在阿納絲塔夏那裡的其中一晚，我正好有機會觀察她跟星星通訊。

當晚稍早以前，她對我說：「弗拉狄米爾，今夜對我有特殊意義。我不能睡你旁邊，但是別擔心，我會叫母狼守在洞口保護你，你安心入睡吧。」

但我一點也不想獨自睡在洞裡。出入口無法關閉，任何野獸都能闖進來襲擊一個正在睡覺的人。雖然這些野獸會保護阿納絲塔夏，但只有我一人的時候牠們未必會喜歡我。也許牠們是不會對我做出什麼事，但我自己總會提心吊膽得無法好好入睡。我問她：「阿納絲塔夏，妳今晚要上哪去？」

「湖水裡面，弗拉狄米爾。」

「妳要去游泳。妳一定得今晚特地跑去游嗎？」

「是的，弗拉狄米爾，這一個夜晚一年只有這麼一次，我不能錯過。」

我沒有想再繼續追問她為何今晚一定得泡在湖裡，反倒是比較擔心自己的安危。「我可以跟妳過去。妳游泳，我在岸邊坐著。」我提議。

「好吧，弗拉狄米爾。穿暖一點。我們帶一些乾草過去，這樣你想睡就可以直接睡在上面。」

我們這樣做了。入夜以後，我躺在乾草堆上觀察接下來的情景。

這是個溫暖、萬籟俱寂的夜晚。沒有樹梢摩擦的聲音，也沒有草叢裡的蟲鳴、森林裡夜行動物移動沙沙的聲音。點點繁星在萬里無雲的空中異常閃耀。

阿納絲塔夏站在湖畔靜靜地看著如鏡子般映射出大大小小星光的湖面。接著她褪下連身裙，赤裸地走進湖裡。她跪在水中一陣子，又坐下來用手掌輕撫著水面，然後，突然潛入佈滿星光的水中。她小心翼翼不掀起太多漣漪，浮上來後慢慢地繞著圈子划水。她划行的圓圈漸漸縮小，直到她抵達湖水的正中心。她翻過來仰躺在湖水的中心，雙手打開，面向天空。

天空裡的星星反映在湖面上，她的上下左右都環繞著星體，使她看來就像躺在太空中心，成為星群中的一部分。

湖水輕柔的波光盪漾著各種細微的色彩，整座星湖和空間充滿魔力，我什麼也沒想便睡著了。

清晨醒來已不見湖裡星星的倒映。身著連身裙的阿納絲塔夏坐在我旁邊，雙手環抱著膝蓋，頭靠在上面，沒有動靜。

雖然還很早，但我已經睡不著了，我想知道為什麼她要進行這種奇怪的夜間程序。

不知為何，我這就挪過去碰碰她的手，說：「阿納絲塔夏，我有話要對妳說，希望妳別介意。」

「你說吧，弗拉狄米爾。沒關係。」

「這一夜的湖水真的十分美麗，我從沒見過這樣的美景，一切如此美好，湖好像在宇宙中心，而不是在泰加林。只不過妳真的不應該在水裡待這麼久，阿納絲塔夏。妳現在要好好照顧自己，我覺得妳不該進行昨晚的程序，水溫已經不適合游泳了，妳可能會感冒，或遭遇其他不測。妳現在有了孩子，應該好好照顧身體，況且我看不出來這個程序或儀式有何意義。」

「我那樣做是有意義的，弗拉狄米爾。」

「什麼意義？」

「我出世時媽媽用這座湖裡的水洗了我。水非常、非常重要。它存在全宇宙的所有生命形式裡面。宇宙創生的訊息，全都保存在生命之水中，包括人曾經產生過的思想與感受。水也能感應、反應人的情緒。」

「也許是這樣，阿納絲塔夏，我不知道……但，為何晚上在湖裡游泳？妳想做什麼？」

「弗拉狄米爾，我想知道人類從一開始出現到今天，曾過著何種生活，哪一刻、哪一個時代的人們最快樂、最幸福，又是什麼帶給他們最大的幸福。然後我要告訴今天的人們，讓大家變得幸福、讓孩子們變得幸福。」

「真的有可能知道好幾世紀前的人的事嗎？」

「可以的，弗拉狄米爾。小孩一出生，長大後不只貌似父母的外表，也會跟第一個人類相像，擁有相同的血液。而他的記憶裡深藏著從創世至今的一切訊息，只是他不去想這些。但只要他試著去回憶，就會記起所有的一切。」

「就算可以，這樣的回憶也是有限的，只能回溯到個人的祖先。」

「當然，弗拉狄米爾，當然只能回溯到個人的祖先。我細胞裡的記憶為我顯示的只是我的、我個人遠祖的生活景象。」

說完，阿納絲塔夏跳起來，跑到湖邊小心翼翼地摸著湖水，然後轉過來繼續對我說：

「但是水知道每個人過去的一切，它裡面有所有人的資訊，它知道所有曾在宇宙中發生過的事，而它幫助我看到這一切。當我躺在湖水中央，我想，它正在跟我一塊想著、搜尋著我要的場景。它甚至搜尋了每一顆星球發生的事，因為它是如此無所不在。

「星星映在湖水，也映在我的眼裡，這一刻，我們是一體的。這時，所有宇宙資訊都向人敞開，因為這一刻，他感覺到自己是宇宙的小小一部分。當一個人感覺到自己是宇宙的小小一部分，宇宙會很開心，於是準備好替他服務，實現他心中的想望。」

聽著阿納絲塔夏這麼有自信地說著宇宙、星星跟水的事，我心想：「一個年輕漂亮的女人住在泰加林裡，不用處理我們這個技術治理的世界會面臨到的各種生活問題，也許正是因為如此，她的宇宙觀才這麼特別。看她這麼有自信地表達自己對世界的看法，我真不好意思向她提出質疑。」於是我大聲地說：

「阿納絲塔夏，妳像個研究學者分析人類的生活。那麼，妳的觀察已經可以上溯到多久以前了？」

「還沒有多久，只有九千年。」

「妳的還沒有多久已經算很久了。妳看到的東西，有沒有結論了？」

「我以後會告訴你我的結論，弗拉狄米爾，或者我直接告訴你我看到的景象，讓你跟其他人自己作出結論。」

「讓他們自己作結論，當然可以了，不過得先讓大家相信妳的話。譬如妳對水的說法跟一般人不一樣，妳說水可以儲存訊息跟對人的情緒作出反應，但證據在哪？」

「證據我想你們當代的科學家已經有了。」

「那就是我還沒聽說過了。我們對水的看法很簡單：水就是水，佔據人周圍環境中的一小部分。」

「是的，一小部分，這一小部分是活的。很少人想到它是活的。即使水在你的體內佔了一大部分，你仍要求證據。我可以告訴你一個方法，讓任何人都能體驗活水的好處，弗拉狄米爾。」

「妳說吧。」

「你和其他人如果想體驗水的療癒力，先找出你們喝了最喜歡的天然泉水。然後帶些泉水回家，分別倒進幾個漂亮的瓶子，冷凍起來。

「每天晚上，按照一天所需的量，把水瓶拿出來放在桌上，下面最好墊一塊綠色的布。睡前對水說些好話，或是對水產生溫柔的意念。

「房間裡不能太溫暖，因為水裡要留些冰塊才好，如果全部融化了，就要再加入另外冰製好的冰塊。

「也很適合在你要喝的溫水、熱茶裡加入一小塊冰塊。冰塊融化時，對水懷著溫柔的意念，跟它說說好話，把它當成一個活生生的生物，也可以滴入一滴雪松油。不管水量多少，這滴雪松油所帶的訊息都會充滿全部的水，而這滴訊息非常重要。

「睡前可以用手搓搓水瓶，對著水吐氣。隔天醒來，對水道聲早安。喝一點水，慢慢地、小口地喝。也可以用它來滋潤臉部。

「若你身體有任何不適之處，水會開始替你治療，且絕對藥到病除。三天後你就會發覺身體有所好轉。

「若是喝上九十九天，即使是重症也會離開你的身體，同時你會注意到你臉上的肌膚明顯變好了。

「若你希望身體變得更年輕，思考更迅速敏銳，除了喝水外，早中晚各服一匙雪松油跟各種植物來源的蜂蜜與花粉。蜂蜜與花粉的量隨你喜好，不過不要跟水混在一起。如果你這樣做，三十天後，你的思考速度就會開始變快，身體也變得更年輕。」

「阿納絲塔夏，妳說的這些的確值得我們注意，因為科學家和一般人都能親自驗證。不過妳從哪得知的？從祖先那裡嗎？」

「從水裡，」阿納絲塔夏說，並開心地笑著旋轉起來。接著又認真地停下來補充一句：
「還有，從星星那裡。」

15 協助與養育你的孩子

我問阿納絲塔夏一塊栽種作物的地——即便是用特殊方式栽種、與人有連結的地——如何有助於撫養小孩。我本來預計會聽到這能灌輸孩子愛大自然之類的答案，但我錯了。她的立論簡單，同時又具備哲學深度，令我訝異。

「大自然及宇宙意識視每一新生的人為君主、為國王！他像天使般純潔與完美無瑕，頭頂柔軟的部位仍打開接收龐大的宇宙資訊流。每個新生兒與生俱來的本領都能使他如神一般，成為宇宙裡最睿智的生命，只需很短的時間便能為父母帶來幸福與歡樂。讓他瞭解世界的本質及人存在的意義只需要地球上九年的時間，而他在這段期間內所需要的一切，都已經存在了，只要父母不去扭曲世界原本真實自然的架構，不將孩子與宇宙最完美的造物相隔離。但是技術治理的世界沒有機會讓父母這樣做。

「嬰兒帶著意識環顧四周的第一眼看到了什麼？天花板、床的邊緣、幾塊布、牆壁——全是人工世界的特色與價值，由技術治理的社會營造出來的。而這樣的世界裡，有他的母親，還有他母親的乳房。『大概吧，所以，意思是，這些都是必要的吧。』——他這樣想著。然後帶著笑容的父母會給他一些叮叮噹噹、咔嗒咔嗒響的玩具，好像把它們當成珍貴的東西。為什麼？他會花很長的時間去思索：它們為什麼要叮叮噹噹、咔嗒咔嗒的。他將有意識、無意識地試著要理解它們。

「接著，同樣這對帶著笑容的父母，會用一些令他不舒服的布，把他包起來。他會試著掙脫，但沒有辦法！唯一能表示抗議的方法就是，哭！不滿、求助、憤怒地哭泣。從那一刻起，天使、君主變成了乞求賞賜的奴隸。

「一個又一個人工世界的東西——新玩具、新衣服，被當成獎賞送給小孩，讓他覺得自己初來乍到的這個世界中，最重要的就是這些東西。雖然他還小，但已是宇宙中最完美的生命；卻被當成幼稚、不完美的。就連你們所認為的教育機構，也都在向他傾授人工世界的好。

「直到九歲，才開始對他稍微提到大自然的存在，彷彿大自然是一種附屬品，附屬在最重要的人造物之下。大多數人直到生命的最後一刻，仍無法體會到真理。『生命的意義何在？』這似乎是個簡單的問題，卻始終苦無答案。

「然而生命的意義存在真理、喜悅和愛之中。

「一個在自然中成長的九歲孩童，對於世界組成的認知，將比你們科學研究機構甚至頂尖專家所認知的還要準確。」

「停一下，阿納絲塔夏。妳指的大概是自然方面的知識吧？如果他過著跟妳一樣的生活，我是可以同意妳。但現代人被迫生活在妳說的那個技術治理的社會——先別談這樣的社會好或不好——總之，若照著妳的建議，小孩被撫養長大後是會瞭解自然、感受得到自然沒錯，但在其他方面他可要一竅不通了。還有像數學、物理、化學之類的學科，跟基本生活常識、社會倫理這類的東西。」

「這些對於在正確時機認識到世界本質的人來說都是小意思。若他想要，或認為有必要在某類學科中展現自己，那他的表現將輕而易舉地超越其他不認識世界本質的人。」

「這怎麼說？」

「人在技術治理世界裡發明出來的東西，沒有一樣是大自然沒有的。即使最完善的人造設備，也只是一種孱弱的仿製品，仿自大自然中已存在的機制。」

「好吧，就當作真是這樣好了。妳答應過，要告訴我在我們的條件下怎麼撫養和發展小孩的能力。請用我聽得懂的方式，給點具體的例子吧。」

「我盡量具體，」阿納絲塔夏回答，「我已經模擬了這種情況，並試著暗示某個家庭去做，但是怎樣都無法讓他們抓到重點，並向小孩提出適當的問題。這對父母擁有一個十分純潔、天賦異稟的小孩，他能為地球上的人帶來很大的福祉。但是這對父母帶著他們的三歲小孩跟一堆他最愛的玩具到夏屋去，讓人造玩具優先取代了真實世界。

「啊，要是他們沒有這樣做就好了！知道嗎，比起一直碰那些人工產品，進行那樣沒有意義、甚至有害的行為，小孩其實會被其他更有趣的事物吸引，並全神貫注在裡頭的。

「首先請他來幫你。尤其要很認真地請他幫忙，因為他真的會這麼做。

「如果你在種東西，可以請他拿著種子，或請他挖洞、把種子放進土裡。同時要告訴他你正在做什麼，譬如，你可以這樣說：『我們把種子放進土裡，再用土蓋起來。太陽出來以後，土被曬得暖暖的，種子也會暖暖的、開始長大，然後它會因為想要看到太陽，從土裡伸出綠色的幼苗，就像這個。』這時指旁邊的草給他看。『如果幼苗喜歡太陽，就會越長越大，最後可能長成一棵大樹，或是長成比較小的，比如說一朵花。我希望它幫我們結出好吃的果實，到時你想吃也可以吃。幼苗會為你準備果實。』

「每次你帶小孩到園子裡，或是他一早醒來，你要做的第一件事是跟他去看幼苗長出來了沒。你們看到幼苗，會很開心。

「若你在移植而不是用種子栽種，也要向小孩解釋。譬如你正在移植番茄苗，讓他一次拿一株給你。假如他不小心弄斷了，把斷掉的苗接過來拿在手上說：『這棵斷掉了，我覺得它可能活不了，不能結出果實了，不過我們還是把它種下去看看吧。』至少把一棵斷掉的跟其他完整的種在一起。幾天後你跟孩子再到苗圃去看，番茄莖已變得硬實，再把斷掉、枯萎的那棵指給他看，提醒他那是在移植過程中斷掉的，但不能用責備的口氣，要用平等的態度跟他講話。你必須牢記在心，他在某些方面其實是超越你的，譬如：思想的純潔。他是天使。若你瞭解這點，以後你很自然會這樣對待孩子，而你的孩子，將真的成為令你幸福無比的人。

「當你要露宿在星空下，帶著孩子一起，讓他躺在你旁邊，看著星空。不要說出你所知的星星名稱、或它們的起源與作用，因為你不是真的瞭解它們，而你腦中的教條會使孩子遠離真相。他的潛意識知道真相，且自然會浮到表意識來。你只能告訴他你喜歡看著閃爍的星星，問他最喜歡的是哪一顆。

「總之，善於向孩子提出問題十分重要。隔年，幫他準備專屬的苗床，讓他擁有完全的自由，在上面進行任何想做的事。絕對不要強迫他或修改他做的，只能問他想要什麼。你可以跟他一起做，但只有問過他、在他的允許下才可以。當你種穀物時，讓他的小手為你撒種。」

「好吧，」我對阿納絲塔夏半信半疑地說：「這樣小孩可能對植物世界發展出興趣，進而成為農藝專家；但他要從哪學到其他領域的知識？」

「你說『從哪』是什麼意思呢？這樣做不只是在於讓他知道、感覺到有什麼在生長，或如何生長；最主要的是讓他思考、分析，使大腦細胞開始甦醒。這些甦醒的細胞將為他工作長達一生，使他比細胞處於沉睡中的人更聰明及才華洋溢。

「至於在你們所謂『進步』的各種生活領域，他都會有超群的表現，而他那比任何人都要純潔的思想將使他成為一個最快樂的人。他跟他的星星們接觸，將使他不時接收、交換更多訊息。這些訊息從他的潛意識被吸收，然後被傳送到表意識，成為他越來越多新點子跟新發現的來源。表面上，他是一個普通人，但裡頭……這樣的人，你們稱之為天才。」

16 森林學校

「這就是妳父母撫養妳的方式嗎，阿納絲塔夏？」

她沈默了一下，也許在回溯自己的童年記憶。接著，她在草地上坐下來，一邊撫摸著草地一邊開始她的故事：

「我幾乎不記得爸爸媽媽的模樣。我是被祖父及曾祖父帶大的，他們把我帶大的方式跟我剛剛說的差不多，不過重點是，我自己對大自然和身邊的動物世界感覺很強烈，即使我當時可能還不太瞭解它們存在的意義——那樣也沒關係，只要能感覺它們，那就不是那麼重要。

「我繼續在這片林間空地生活，沒有爸爸媽媽。但我不是獨自一人。

「草地裡到處都有各式各樣的昆蟲和甲蟲，我會把手伸過去，讓牠們跳到我手上、在我手上爬，然後觀察牠們，心裡想著：為什麼牠們長得那麼不一樣，是為了讓我覺得好玩還是為了什麼呢？

「我也喜歡大型動物，跟牠們玩很開心，尤其當我不只學會走路，也開始會跑的時候。

「我跟一隻母狼、母熊和狐狸成了朋友，不過我們有時也會吵架。

「我非常想要瞭解牠們的思想和語言，因為我想知道為什麼牠們都不讓我離開這片林間空地。我常想趁這些大型動物不在時離開空地，看看森林裡有什麼。但每次只要我走得稍微遠一點，其中一隻就會出現，擋住我的去路並對我咆哮。

「有一次母熊還用掌摑了我一下，我好生氣，決定再也不看牠一眼。結果牠一整天都跟著我，我卻總是轉過頭去不理牠，最後牠發出可憐的哀嚎，我才覺得對牠很抱歉，走過去摸摸牠，牠也開心地舔我的手和腳。我這才發現牠們是用不同的聲調和動作來表達的，於是我開始更密切地觀察牠們，研究牠們的語言。

「後來我才知道，牠們不讓我遠離空地是因為其他地區是別的動物的地盤，那裡不像我出生的這個地方瞭解我。

「祖父跟曾祖父會不時過來拜訪我、跟我講話。他們時常問我問題希望我回答。

「我們長者會把嬰兒或小孩視為神的化身，透過小孩的回答來檢驗自己的純潔度。」

我請阿納絲塔夏回憶一些當時的問答，她笑著告訴我：

「有一次我正在跟小蛇玩，一轉頭就發現祖父跟曾祖父站在一旁對我微笑，當下我開心極了，因為跟他們在一起十分有趣。只有他們會問我問題，而且他們的心跳頻率跟我一樣。動物的就不一樣了。

「我跑向他們。曾祖父向我鞠躬，祖父則把我抱在膝上。我聽著祖父的心跳，梳弄並觀察著他的鬍子。沒有人說話，我們一起思考著，這種感覺很好，我的內心很喜悅、平靜。然後祖父開口問我：『阿納絲塔夏，告訴我，為何我的毛髮長在這裡，』他指著他的頭和鬍子，『而不是長在這裡？』又指了指他的額頭和鼻子。

「我摸摸他的額頭和鼻子，但沒有答案。我不能就這樣隨便回答，我得先了解才行。

「等到下一次，他們來了，祖父又說：『我還在想為何我這邊有毛髮，但這邊沒有。』並再次指著額頭和鼻子。

「曾祖父認真嚴肅地看著我，因此我想這大概真的是個重要的問題。於是我問祖父：『祖父，你真的想要你的毛髮到處長嗎？額頭也長、鼻子也長？』

「曾祖父開始沈思起來，而祖父回答：『不，不想。』

「『那就是為何你這邊沒有長了，因為你不想。』我回答祖父。

「祖父反思著，摸著鬍子，像在對自己說：那麼長在這裡就表示因為我想要它長在這裡了？

「我對他的念頭表示肯定地說：『當然呀，祖父，因為你想、因為我想、因為想出你的那位也想。』

「這時曾祖父有點激動地問我：『是誰想出他的？』

「『想出這一切的那位。』我回答。

「『但是他在哪裡？可以指給我看嗎？』曾祖父彎下腰問我。我一時答不出來，但這個問題就此留在我心底，我時常想起它，思考它的答案。」

「妳後來有想出答案嗎？」我問。

「有，大概一年後。而且他們又繼續問我新的問題，但在我回答出上一個問題以前，他們不會再問我新的問題，這讓我很苦惱。」

17 對人的關注

我問阿納絲塔夏，既然她幾乎不記得她的父母，也很少看到祖父跟曾祖父，那麼，是誰教她說話的。她的回答太令我驚訝了，絕對需要專家的解釋，所以我盡可能從頭到尾完整地重述一遍。我已經稍微可以瞭解她的意思了，只不過我瞭解的速度非常緩慢。她在我提出這個問題後先是問我一句：

「你是指可以說不同人的語言嗎？」

「『不同』是什麼意思？妳會說不同的語言？」

「是的。」阿納絲塔夏回答。

「德語、法語、英語、日語、中文？」

「假如一個有趣的說話對象出現在你面前，讓你很想跟他交談，你很快就可以學會他熟悉的語言，並且用那樣的語言跟他說話。像現在，我就是用你的語言在跟你說話。」

「妳指的是俄語？」

「你的俄語。我盡量使用你的遣詞用語。這對我來說一開始有點困難，因為你知道的詞不多，一直在重複，也不太會表達情感。用這樣的語言，很難表達我想要精準詮釋的東西。」

「等等，阿納絲塔夏。我要用其他國家的語言問妳問題，然後妳回答我。」

我用英語跟她說「你好」，然後換法語。她馬上就回我，只不過不是用說的，而是用手勢表達問候。

可惜我不會說什麼外語。以前在學校有學過德語，但是分數很低，不過有一句完整的話我跟同學們都學得很好，於是我說給阿納絲塔夏聽：

「Ich liebe dich, und gib mir deine Hand.」（我愛你，把手交給我吧。）

她把手伸向我，並用德語說：「我把手交給你。」然後臉頰泛紅地把手交給我，小聲地說：「你對我說了很好的話，弗拉狄米爾。」

不管我說什麼語言，她都聽得懂。

實在太令我驚訝了，我還不敢相信自己的耳朵。我問她：「每個人都可以學會全部的語言，是這樣嗎？」這件不可思議的事情背後一定有個簡單的解釋，這是我的直覺。我迫切地想要了解，於是我有點急地要求她：

「阿納絲塔夏，快用我的語言解釋給我聽，舉幾個例子。」

「好，好，冷靜。放鬆，別急，不然你聽不懂的。不過在這之前，我要先教你寫俄文。」

「我會寫。我要聽妳解釋怎麼學會好幾個國家的語言。」

「不只是寫字。我要教你成為一個作家，一個天才作家。你要寫一本書。」

「那是不可能的。」

「可能！很簡單。」

阿納絲塔夏拾起一根樹枝在泥土上畫出全部的俄文字母和標點符號，並問我總共有幾個字。

「三十三個。」我說。

「看吧，不是很多。我畫的這些，可以被稱為一本書嗎？」

「不能，」我回答，「這些只是字母而已，普通的字母。」

「但是所有俄文書都是由這些普通字母組成的，」阿納絲塔夏說，「你同意嗎？你看得出來這有多簡單嗎？」

「是這樣沒錯，但書裡的字母有各種排法。」

「對。每一本書都是由大量的字母組合構成的，書寫者跟隨情感變化，自然而然，安排出它們的先後次序。也就是說，最早誕生的不是文字和聲音的組合，而是想像力引發的情感。閱讀者大致上也產生了相同的情感，這樣的情感可以被記得很長一段時間。你現在可以回憶起任何一本你讀過的書裡頭的畫面或情節嗎？」

我想了一下，回答：「可以。」

不知道為什麼，我想到萊蒙托夫所寫的《我們時代的英雄》。我開始把內容告訴阿納絲塔夏。她打斷我，說：

「看吧，你上次看這本書已經是很久之前的事了，卻依然可以向我描述書裡的英雄，告訴我他們的感受。不過，要是我請你告訴我，這本書裡面的三十三個字母被排在哪些位置、產生了哪些組合、這些組合的先後次序又是什麼，你可以一一重現嗎？」

「不可能的。原文從頭到尾用了哪些字我記不起來。」

「那真的很難。也就是說，一個人把情感借由三十三個字母的組合傳達給另一個人了；這些組合，你看過以後馬上就忘了，其中的感覺和畫面卻留在記憶裡很久……也就是說，如果一個人的情感與這些符號有所連結，不管寫作技巧如何，他的靈魂都會使這些符號呈現出能讓閱讀者感受到書寫者靈魂的順序和組合。要是書寫者的靈魂……」

「等等，阿納絲塔夏，妳說得簡單具體一點吧。舉例告訴我怎樣才能學會好幾種語言。誰教妳的？」

「我的曾祖父。」阿納絲塔夏回答。

「舉個例子。」

「他跟我玩。」

「怎麼玩？說呀。」

「冷靜，放鬆，不要這麼急。我真不懂你在急什麼。」她繼續平靜地說：「曾祖父玩的方式像在跟我開玩笑。每當祖父沒有跟他一塊兒來拜訪我，只有他一人時，他總在走近我之後，向我深深一鞠躬，把手伸到我面前。我也把手伸出去之後，他會握住我的手，一隻腳跪下來，親我的手，說：『妳好，阿納絲塔夏。』

「有一次他來了，一如以往做了這些舉動，也一如以往溫柔地注視著我，然而他一開口卻說著我聽不懂的話。我驚訝地看著他，他又說了別句話，聽起來語無倫次。於是我忍不住問他：『爺爺，你忘記要說什麼了嗎？』

「『對，我忘了。』曾祖父回答我，然後往後退了幾步，思考了一下，再重新走向我，把手伸到我面前。我也把手伸出去，他跪下來親我的手，一陣溫柔的注視過後，他的嘴巴動了起來，卻沒發出任何聲音。我嚇到了，提醒他：『妳好，阿納絲塔夏。──你都是這樣說的，爺爺。』

「『沒錯。』曾祖父微笑地說，表示我答對了。

「當下我明白了，這是個遊戲。他常和我這樣玩。一開始很簡單，後來遊戲越變越複雜，也越來越好玩。我會非常仔細地觀察曾祖父的臉，記住他說的每一句話如何牽動了他的眼睛、額頭的皺紋、嘴巴的動作，和每個幾乎微乎其微的表情。這樣的遊戲從三歲開始一直到十一歲結束，像在進行某種測驗。在這個測驗中，一個人必須仔細觀察他的說話對象，不管對方說的是何種語言，都要有能力不靠語言來瞭解對方。

「比起使用語言交談，這樣的對話完美多了，速度更快也更完整。你們說這樣是心電感應，認為它不尋常、是科幻小說的情節。然而它需要的不過是發達的想像力、良好的記憶力與對人保持高度的關注。這不只是一種較完美的訊息傳遞方式，在它的背後，還透露出一個人對人的靈魂、動植物世界與宇宙——簡單來說，就是對一切萬物——都有深刻的瞭解。」

「一切可能就像妳說的那樣。我還以為妳每一種語言都會說，其實妳只是感覺出對方的心思，而且也不是馬上，而是跟對方相處過一陣子後才會說他的語言。」

「是的，弗拉狄米爾，正是如此。不過之後就可以把他的心思所對應的用語通通牢記在心了，不管他用哪一種語言。這個遊戲也可以培養一個人瞭解動物和鳥類的訴求。」

18 飛碟？沒什麼特別！

我請阿納絲塔夏舉例，顯示她對我們科技瞭解的程度。

「你希望我告訴你，你們那裡各種機械的運作原理嗎？」

「告訴我一些我們頂尖的科學家才剛開始接觸的領域。來個科學大發現吧。」

「我一直在為你這麼做。」

「不是為我，是為科學界，可以讓他們視之為新發現的。既然妳說一切都很簡單，那就在科技、太空船、原子、燃料方面提出可供證實的新發現吧。」

「這方面，跟我一直試著要解釋給你聽的東西比起來，套一句你們的話——簡直還停留在石器時代。」

「那就太好了！妳覺得落後的，反而是我容易理解的。妳就來證明妳是對的吧，證明妳的智力高過我。舉例來說吧，妳認為我們的飛機跟太空船是完美、先進的機械嗎？」

「不，它們太落後了，正好可以用來說明，技術治理式的發展，一點也不先進。」

她的回答讓我提高警覺，我想這句話要不是出自一個瘋子之口，就是她真的知道得比一般人難以想像地多。於是我繼續追問：

「我們的火箭跟飛機哪裡落後了？」

阿納絲塔夏停頓了一會兒才回答，似乎在理解我說的話。

「你們所有機械——所有，都是靠爆炸的能量推動的。你們不知道有更完美的自然力可以使用，以難以置信的固執堅持使用這種笨拙又落後的方式。連使用這種方式所造成的毀滅性後果也沒能阻止你們。你們飛機和火箭的航行範圍顯得逗趣，以整個宇宙的尺度來說，等於稍微離開地面而已，而這已經到達它們的極限了。然而這是荒謬的！以爆炸或引燃的物質推動笨重的結構，就是你們所謂的太空船。而且其中大部分結構，還都是用來『解決』這推動的問題。」

「還有別種空中飛行的原理嗎？」

「舉例來說，飛碟就是使用不同的原理。」阿納絲塔夏說。

「什麼？妳知道飛碟，還知道飛碟的原理？」

「當然知道。那很簡單也很合理。」

我的喉嚨都乾了，催促她快點說。

「跟我說，阿納絲塔夏，快點，清楚一點。」

「好，別急，你一急就很難理解。飛碟的飛行原理基本上靠的是製造真空所產生的動能。」

「什麼意思？說清楚一點。」

「你的詞彙很少，但是為了讓你懂，我只能用你的詞彙。」

「我現在就加，」我著急地脫口而出：「槽、蓋、面板、氣體……，」快速地列出當時腦中浮現的所有字眼，甚至咒罵起來。

阿納絲塔夏打斷我。

「別說了，你會用什麼詞來表達，我都知道。但是還有其他的字眼，以及另一種完全不同的方式能傳遞訊息。用那種方式能讓我在一分鐘內解釋給你聽，否則這樣要花兩個小時以上，太久了，我還想跟你說其他更重要的事。」

「別這樣，阿納絲塔夏，跟我說飛碟的事，說說它的原理和動力來源直到我瞭解為止，在那之前我聽不進其他的事。」

「好吧，」她繼續：「爆炸是固體在某個作用下迅速變成氣體、或某個反應過程中兩種氣體變成更輕的氣體的現象──當然這大家都知道。」

「是的，」我說：「把火藥點燃，它會變成煙；把汽油點燃，它會變成氣體。」

「對，大概是這樣。要是你或你們有更純淨的思想，就會知道整個大自然運作的機制，也會在很久以前就意識到：既然有物質能在急遽擴張──爆炸之後，轉化成另一種形態，逆轉的過程也一定存在。大自然裡有活的微生物能將氣體轉換成固體。基本上所有植物都在進行這個活動，只是速度不一樣，所製造的固體硬度也不盡相同。看一下你周圍的植物，它們吸收大地汁液和空氣，轉化成固態的身體，例如木質或是更堅硬的──像是堅果殼、李子這類水果中間的果核。肉眼看不見的微生物以非常快的速度進行這個過程，彷彿光是吸食空氣。它們就是飛碟的引擎。它們類似腦細胞，只是功能比較狹隘。它們唯一的功能就是：運動。但它們執行起來十分完美，可以讓飛行器的速度達到今天地球人平均思想速度的十九分之一倍。它們在飛碟上層內側，位於飛碟壁的雙壁構造之間。雙壁之間大約相距三公分。外壁不管在飛碟的上層還是下層，都是透氣的，充滿許多細小的孔隙。微生物從這些孔隙吸入空氣，在飛碟正面形成真空。細小的氣流甚至還沒碰到飛碟就準備轉成固體，而且通常，在通過微生物之後，會變成圓圓的顆粒。這些細小的顆粒會膨脹成直徑約半公分的圓球，呈軟膠狀，從雙壁間滑到飛碟底部，崩解消散，再次化為氣體。如果來得及，你還可以在它們崩解前把它們吃掉。」

「飛碟壁是用什麼做成的？」

「它們是長出來的。」

「什麼？」

「哎呀，你光是感到驚訝，都不先想一想的。有很多人在培養一種菌，用各式各樣的容器，放入這種菌的水會變成好喝帶點微酸的飲料。它會順著容器的形狀長。順帶一提，這種菌跟飛碟很像，它也會形成雙壁。若在它的水裡添加某種微生物，它就會硬化。而這所謂添加的微生物可以研發出來，或者說得準確點——可以透過大腦和意志力逼真地想像出來。」

「妳可以做出來嗎？」

「可以，但光靠我一個人不夠，需要幾十個具備這種能力的人聯手合作至少一年。」

「地球上有製造——或像妳說的培養——飛碟和微生物所需的一切嗎？」

「當然有。宇宙有的地球都有。」

「但是微生物這麼小看不到，怎麼放在飛碟壁裡面？」

「上壁生成後，會自動吸引無數微生物，像蜂房吸引蜜蜂那樣。不過這還是需要動用到幾十個人堅強的意志力。假如你們還沒有人具備適當的知識、智能與意志力可以培養它，又何必知道更多的細節呢？」

「妳就不能幫幫忙嗎？」

「可以呀。」

「那就幫個忙呀。」

「我已經在幫忙了。」

「妳幫了什麼忙？」我不懂她的意思。

「我已經告訴你撫養小孩的要點了。而且我還沒有說完，我還會一直跟你說撫養小孩的事。你再把我說的告訴別人。接著很多人都會瞭解的，而他們撫養長大的小孩，就會擁有這些知識、智能與意志力，到時候他們能做的事，遠比製造一台落伍的飛碟還要……」

「阿納絲塔夏，妳怎麼知道這些飛碟的事？難道也是因為跟植物溝通嗎？」

「它們曾經在此著陸，我呢，算是幫它們修過飛碟。」

「它們比我們聰明多了嗎？」

「一點也不，跟人差得遠了。它們很怕人，不敢靠近人，儘管十分好奇。它們一開始也很怕我。對我發射思想麻醉劑。一直嚇唬我。我費了很大的勁安撫它們，讓它們鎮定下來。」

「既然它們能做到人做不到的事，怎麼可能沒有比人還要聰明？」

「這有什麼好奇怪的嗎?蜜蜂也能用自然材質製造具有完美通風與保暖系統的神奇構造,但這並不代表蜜蜂的智力比人還高。全宇宙沒有誰比人更有力量,除了上帝。」

19 大腦——超級電腦

有可能製造飛碟這件事讓我整個興致都來了。即使當它是個推進原理的假設，這假設也夠新了。不過對我們地球人來說，飛碟是複雜的機具，不是首要的必需品。

因此我想聽聽馬上就能理解的東西——不必動用到科學腦筋、馬上就能實際應用在生活裡且好處多多的「東西」。於是我請阿納絲塔夏針對我們今天社會所面臨的嚴重問題提出解決方案。她同意我的要求，但是接著又說：

「是什麼問題，你得說得明確一點。不知道你要什麼，我怎麼有辦法解決呢？」

於是我在腦中盤算今天哪個問題對我們的影響最為直接，連附帶條件也一併想出來了：

「妳知道的，阿納絲塔夏，我們大城市正在面臨嚴重的污染問題。空氣很糟令人窒息。」

「是你們自己污染的。」

「這我們知道。先聽我把話說完，也別說什麼我們應該淨化自己、多種點樹這類的話，不要拿哲學思想出來跟我辯論。接受我們的現實條件，從中想出辦法吧……例如用一個東西減少大城市百分之五十的空氣污染，且不必動用到國庫，也就是國家的開支。還有它必須是所有解決辦法中最合理、讓我跟所有人馬上可以理解跟執行的。」

「我馬上試試看。」阿納絲塔夏說，「所有條件都開出來了嗎？」

我盡量把問題搞得複雜一點，深怕真的證明她的智力和才能都超越我們。我再加了一條：「妳想到的要帶來利潤。」

「給誰？」

「我，還有國家。妳住在俄羅斯的領土上，那就給整個俄羅斯吧。」

「你指的是錢？」

「對。」

「很多錢？」

「阿納絲塔夏，利潤——也就是錢，怎樣都不會太多。不過我想要有一筆錢不只可以讓我這次的考察回本，還可以有足夠的盈餘籌備下一次。至於俄羅斯……」

我考慮了一下……要是讓阿納絲塔夏對我們文明世界的物質財富產生興趣會怎樣呢？我問她：

「妳自己什麼都不要嗎？」

「我什麼都有了。」她回答。

我突然想到個點子。我知道怎麼讓她感興趣了。

「妳知道嗎，阿納絲塔夏，就讓妳想到的帶來足夠的錢，讓全俄羅斯的小農跟園藝愛好者可以獲得免費或有折扣的種子吧。」

「太棒了！」阿納絲塔夏說：「好棒的主意！如果沒有別的，我要開始工作了。我好開心！種子……還有別的嗎？」

「沒了，阿納絲塔夏，目前這樣就夠了。」

感覺得出來，這個任務已經激發她的興致，尤其是幫小農獲取免費種子的部分。然而當下我仍十分確定淨化空氣是不可能的任務，儘管她能力再強，否則我們科學機構老早就想出辦法了。

阿納絲塔夏開心地躺在草地上，不像平常那樣平靜。她的雙手打開，手指微彎，指尖朝上，有時抽動有時靜止，闔上的眼皮不時抖動。

她這個樣子躺在那裡大約二十分鐘。最後她打開眼睛，站起來說：「我找到了，真是場噩夢。」

「找到什麼了？什麼噩夢？」

「最大的危害是你們所謂的汽車。大城市裡有好多汽車，每一台都在噴著難聞的氣味和傷害身體的物質。最可怕的是這些物質滲入污泥和灰塵，跟它們混在一起。汽車移動時揚起這些被滲透的灰塵，人們又吸入這些可怕的混合物。它們四處飛揚，落在草地和樹上，蓋住一切。這很糟，對人體和植物傷害很大。」

「這當然很糟，每個人都知道，只是沒人有辦法。洗街車也派不上什麼用場。阿納絲塔夏，妳沒有任何新發現，妳沒有想出獨創的解決之道來淨化空氣。」

「我只是先找到危害的主要來源。現在我才要開始分析與思考。我需要集中注意力一段時間，可能要一個小時，因為我從沒研究過這類問題。你可以先到森林散步才不會無聊。」

「妳想吧，我自己會找事做。」

阿納絲塔夏完全進入她的內在世界。一小時後，我從林中散步回來發現阿納絲塔夏看起來悶悶不樂的，我對她說：「看吧，阿納絲塔夏，妳的腦子對這件事也使不上力。沒關係，我們很多科學機構都在研究這個問題，也都跟妳一樣只發現污染的事實。他們目前也無能為力。」

她有點遺憾地說：

「我已經把所有可能的方案都篩選出來了，只是沒有一樣可以快速減少百分之五十，我做不到。」

我心頭一驚：終究還是被她找到了，解決的方案！

「妳想到多少百分比？」我問。

她歎氣。

「還差很多。我只想到……百分之三十五到四十。」

「什麼？！」我忍不住大叫。

「少很多，對吧？」阿納絲塔夏問。

我的喉嚨都乾了，我知道她不會說謊，也不會誇大或收斂其詞。我按捺內心的激動，說：

「我們改一下條件範圍，就百分之三十八吧。快點說妳想到什麼。」

「要讓汽車不只排放，也回收骯髒的灰塵。」

「怎麼做？說快一點！」

「汽車前面，嗯，那個突出的部分叫什麼？」

「保險桿。」我提示。

「好，保險桿。保險桿的裡面或下面要裝上前後方都有許多小孔的盒子，讓空氣可以流通。汽車行駛時，充滿有害灰塵的髒空氣會流進前方的孔，過濾後，再由後方的孔流出，如此便淨化了百分之二十。」

「那妳說的百分之四十呢？」

「現在街上的灰塵幾乎都沒被清掉，不過用這個方法，灰塵就會少很多了，因為每天都可以到處清除它們。假使每輛車都裝上這種盒子，我估計一個月之後，骯髒的灰塵就會減少百分之四十。但也只能到這裡了，沒辦法再減少，因為還會受到其他因素的影響。」

「盒子的尺寸多大、裡面要放什麼、幾個孔、孔與孔之間的間距要多大？」

「弗拉狄米爾，也許你還想要我親自幫每一台車裝上這些盒子？」

頭一次發現阿納絲塔夏也有幽默感，我大笑起來，想像她幫每輛車裝上盒子的畫面。她看我開心，自己也笑了起來，在林間空地裡旋轉。

這個點子的確簡單，剩下就是技術層面的事了。不用阿納絲塔夏說，我也知道它能如何成形：行政首長下令，交警監督，全面在加油站更換過濾器，把用過的交回去，出示檢驗合格憑證等等。一個普通的規定，就像安全帶。

輕輕搖動筆桿，每台車就有安全帶了。現在也只要輕輕搖動筆桿，空氣就會清淨了。企業家會搶著生產這種盒子，工廠會有很多訂單，最重要的是，最後空氣會變得更清淨。

「等等，」我又對著還在快樂地旋轉飛舞的阿納絲塔夏說：「盒子裡要有什麼？」

「盒子裡……盒子裡……你稍微想想看嘛，很簡單的。」她回答的同時沒有停止旋轉。

「給我的錢，還有足夠付小農種子的錢從哪來呢？」我再次提問。

她停了。

「從哪來是什麼意思呢？你要我想個最合理的方法，我就想出來了。世界各地的大城市都會使用它，為此付錢給俄羅斯，足夠讓俄羅斯提供免費種子還有給你的金額。只不過你要在特定的條件下才能得到。」

當時我沒留意她說的特定條件，問起其他細節。

「妳是說要申請專利？不然誰會自動付錢？」

「怎麼不會？有人會的，而且我現在就算好比例。製造盒子，俄羅斯得百分之二，你得百分之零點零一。」

「妳自己算好有什麼用？某些方面妳很強，不過做生意妳完全外行。沒有人會自動付錢。有人就算簽了合約也不見得會付錢。妳知道我們有多少賴帳不付款的案例嗎？仲裁法院根本忙不完。妳知道什麼是仲裁法院嗎？」

「我猜得到。可是這次沒有人會少付一毛錢。誰賴帳，誰破產。只有誠實不欺的人才會繁榮興旺。」

「為什麼他們會破產？難不成妳要進行什麼非法的手段？」

「你在想什麼啊，真是的！是他們自己……應該說，有些事情自然會發生在騙子身上，導致他們破產。」

這時我突然有個想法。基於阿納絲塔夏不會說謊，而且她自己也說大自然的機制不允許她出錯，那麼這表示發表這些言論以前，她已經在腦中處理超大量的資訊跟數學運算，並把將來涉及此計畫的人的心理因素全數考慮進去了。以我們的話來說，就是她不只解決了淨化空氣的難題，還組織、分析了一個商業計畫——這全在一個半小時內完成。我決定再澄清幾個細節。

「告訴我，阿納絲塔夏，妳在腦中算出空氣淨化的百分比，也算出生產裝在車子上的盒子和更換過濾器將賺到多少錢嗎？」

「算出來了，而且很詳細，只是不完全靠頭腦……」

「好！停！讓我把我的想法說完。妳告訴我，妳可以跟最先進的電腦比賽嗎，比如日本或美國的電腦？」

「可是我沒有興趣。」她回答，「這樣太落後了，好像把人貶得很低。跟電腦比賽就像……我要怎麼比喻才好呢？就像……跟義肢比賽，而且還不是完整的義肢，而是跟它的一部分比賽。電腦缺了重要的東西。那重要的東西就是感覺。」

我告訴她相反地，我們那裡認為能跟電腦下棋的人是非常聰明的，且受到社會尊敬。但不管這個或其他理由，都沒能說服她，最後我要求她就為了我跟其他人做這件事吧，好證明人腦的智慧。她同意了，於是我再把話說得更清楚：

「也就是說，我可以正式宣佈妳已經準備好跟日本電腦比賽解決問題了？」

「為什麼是日本的？」阿納絲塔夏問。

「因為它被認為是世界一流的。」

「是嗎？最好一次所有的電腦吧，免得你以後再叫我做這件無聊的事。」

「太好了！」我開心地說，「就跟全部的電腦。只不過要先擬定問題。」

「好。」阿納絲塔夏不情願地說，「但為了不浪費時間，先讓它們解決你為我設定的問題吧，看它們是證實還是否定我的方法。若是它們否定，它們就要提出自己的解決方案。就讓實際生活和大眾來裁決我們。」

「太好了，阿納絲塔夏！這主意很棒！很有建設性。妳覺得它們需要多少時間呢？像妳一樣一個半小時大概不夠，給它們三個月吧。」

「好，就三個月。」

「我建議只要有人想當裁判就可以當，人多就不會有人為了私利影響判決結果。」

「就這樣吧。我還想跟你多說一點撫養小孩的事。」

阿納絲塔夏視撫養小孩的話題為第一要務，總是樂於談論。我提出跟電腦比賽的假想沒引起她多大興趣，不過我還是很高興得到她的同意。現在我想呼籲生產新型電腦的公司都加入這場解決上述問題的競賽。

我想再跟阿納絲塔夏確定一件事。

「贏家的獎賞是什麼？」

「我不需要任何東西！」她回答。

「妳為什麼只說妳自己？妳這麼確定妳會贏？」

「當然，因為我是人。」

「那好吧。妳可以提供次居於妳的公司什麼獎賞？」

「嗯，我可以幫他們落伍的電腦提出一些改良的建議。」

「成交！」

20「……生命在他裡頭，這生命就是人的光……」

——《約翰福音》

阿納絲塔夏應我的要求，在其中一天帶我去看她祖父與曾祖父口中的鳴響雪松。我們離開林間空地沒多遠就看到它了。這棵大約四十公尺高的樹比周圍的樹來得高聳醒目，不過它最特別的是它的樹冠看起來在發光，形成類似聖人畫像中環繞聖人頭部的光環。這光環沒有平均分佈，還在一閃一閃地振動。它的頂端有一撮細小的光束射向無際的天空。

這奇景使我震撼著迷。

在阿納絲塔夏的建議下，我將手掌貼在它的樹幹上，感受它的鳴響——或劈啪聲，這種聲音接近站在高壓電線下時聽到的聲音，只不過更響亮。

「我偶然發現了讓它把能量送回宇宙，再散佈到地球的方法。」阿納絲塔夏告訴我：「看，很多地方樹皮都被抓破了，是母熊爬過的痕跡。我好不容易才讓牠把我背到最低的樹枝上。我緊抓住牠脖子的鬃毛，牠邊爬邊咆哮，再爬，再咆哮，最後讓我抵達最低的樹枝，我再攀上其他樹枝，一直爬到最頂端。我坐在那裡兩天，想盡各種辦法。搖它、對著天空大叫，但沒一個有用。

「然後祖父和曾祖父來了。你可以想像得到：他們站在下面，看守著我，要我下來。而我反倒要他們告訴我怎麼辦，現在沒有人來砍這棵雪松，該怎麼救它。他們不肯說，但我覺得他們知道辦法。祖父他很狡猾，想誘拐我，說會幫我連結那個我一直無法連結上的女人。

「我真的很想幫助她。之前祖父還氣我花那麼多時間在她身上，不做其他的事。不過我知道他也幫不上忙，因為就連曾祖父瞞著他兩次幫我也沒有成功。

「後來祖父開始大呼小叫，抓起一根樹枝，繞著雪松跑，拿著樹枝在空中鞭打，說我是家族裡最搞不清楚狀況的傢伙，做事不合邏輯也不聽勸告，要打我的屁股把我教訓一頓。同時他不停拿著樹枝在空中鞭打，連曾祖父都被這個舉動逗笑了，我也哈哈大笑。這時候我不小心弄斷頂端一根樹枝，馬上有光線從裡面散發出來。我聽見曾祖父非常嚴肅的聲音，他同時是命令也是請求地說：『別碰它，小孫女，什麼都別做。要很小心地下來。妳做的已經夠多了。』

「我聽從曾祖父的話爬下來。他不發一語地抱著我，渾身顫抖地指著雪松。越來越多樹枝開始發光，接著匯聚成射線指向天空。現在，鳴響雪松不會自焚了，它為萬物儲存了五百年的能量將透過射線送還給人類和地球。曾祖父說射線形成的地方正是我對著天空大叫、後來大笑不小心弄斷樹枝的地方，要是我碰到斷裂處發射出來的射線，我的腦袋早就爆炸了，因為射線裡有太多能量和資訊。我爸爸媽媽就是這樣死的……」

阿納絲塔夏把手扶在這棵被她拯救的鳴響雪松宏偉的樹幹上，臉貼著它，沉默了一會兒才又繼續述說她的故事：

「他們，我的爸爸媽媽，也曾發現這種鳴響雪松。只是媽媽處理的方式稍微不同，因為她不知道……她爬到鳴響雪松旁邊的樹上，伸出去抓住鳴響雪松最底層的樹枝並折斷它，因此意外地暴露在樹枝突發的射線裡。樹枝往下指，射線也跟著指向地面。這種能量直接射入地面很糟，會造成很大的傷害。後來爸爸來了，看到射線和掛在樹上的媽媽，媽媽的雙手還分別緊緊抓住正常的雪松樹枝和鳴響雪松斷掉的樹枝。

「爸爸一看就知道發生什麼事了。他一路攀爬到鳴響雪松頂端。祖父和曾祖父看到他弄斷頂端的樹枝，可是頂端的樹枝沒有發光，反倒是底層的樹枝越來越亮。曾祖父說，爸爸知道自己要是再不趕快從樹上下來，就永遠下不來了，可是往天空發射的閃光還沒有出現，往地面射入的細小光束又越來越多。最後爸爸折斷一根朝天的粗大樹枝，頂端的射線終於出現了。在它發光以前，爸爸正把那根樹枝彎向自己。

「爸爸還來得及在它爆出光芒的瞬間鬆開手，樹枝彈回去指向天空，散發出來的射線跟著射向天際，形成閃動的光環。

「曾祖父說，爸爸的腦子在他生命最後的瞬間，接收到極為龐大的能量與資訊流，使他有機會以一種不可思議的方式清除他腦中累積的一切資訊，因而爭取到一點時間在爆炸前鬆開手，讓樹枝往天空伸直。」

阿納絲塔夏再一次用雙手撫摸著雪松，將臉頰靠在上面，站立著不動，微笑聆聽這棵樹發出的鳴響聲。

「阿納絲塔夏，雪松油的療效比一小塊鳴響雪松強還是弱？」

「一樣。如果用正確的態度對待雪松並在對的時間蒐集松子。當雪松願意奉獻自己，給出松果。」

「妳知道方法嗎？」

「知道。」

「妳可以告訴我嗎？」

「好，我告訴你吧。」

21 需要改變世界觀

我問阿納絲塔夏導致她跟祖父發生衝突的女人是誰，為什麼她連結不上她，又為什麼非要連結她不可。

「知道嗎，」阿納絲塔夏開始說道：「當兩個人將生命結合在一起，彼此的心靈互相吸引是最重要的。可惜大多是從肉體開始。譬如看到一個漂亮女孩就想要親近她，卻還沒認識她的人、她的內心。人們經常只靠肉體的吸引就把彼此的命運繫在一起，那很快就會過去了，或是轉移到別人身上，到時還有什麼能夠連結他們？

「找到與自己心靈相近、可以共享真正幸福的人並不難，但是你們技術治理的世界卻存在著許多障礙。我想連結的這個女人住在大城市裡，幾乎每天固定到同個地方去，大概是去工作。在那裡、或是去那裡的路上，她一直都可以找到或遇到一個跟她心靈非常相近的人，跟這個人在一起她真的會很幸福，更重要的是，他們會生下能為世界造福的孩子。因為他們將會像我們一樣，在創造所激起的浪潮中生下他。可是這個男人從未能鼓起勇氣向她表白，這有部分也要怪她。想想看，當他注視她的臉，發覺這是他心靈所選中的對象，她馬上就會因為感覺到某人的注視而整裝，假裝『不小心』把裙子撩得高一點，諸如此類。結果讓這個男人的性慾馬上被撩起，但由於不認識她，而去找別的同樣在肉體方面能夠吸引他、但較熟悉且較容易接近的女人。

「我想暗示這個女人該怎麼做，但無法接近她。她的頭腦連一秒也不願意打開接收新資訊，都被日常生活的問題給佔滿了。你可以想像嗎，有一次我整整跟了她一天一夜，那是多麼可怕的景象！後來祖父責備我不好好跟小農工作，讓自己分身乏術管別人的閒事。

「她早上醒來的第一個念頭不是讚美新的一天來臨，而是想著要做什麼來吃。然後因為某樣食物沒了而不開心，接著又因為某樣你們早上會塗抹的東西沒了而不高興，大概是乳液或化妝品。她一天到晚想著怎麼弄到它。而且她總是遲到，一直匆匆忙忙，怕趕不上這個或那個交通工具。

「到了她固定會去的那個地方，她的頭腦已經超載了，裝滿——要怎麼說呢？——裝滿在我看來全是亂七八糟的東西。她的頭腦一方面要讓她裝作認真地完成被交代的工作，一方面卻在想著某個女性朋友或熟人、生這個人的氣，同時她又豎耳聆聽周圍的人在說什麼。想想看，這樣日復一日，就像上緊發條的時鐘。

「回家的路上，她在人前盡量表現出快樂的樣子。但事實上，她老是不斷想著各種問題，想著化妝品，到商店裡看衣服——尤其是可以暴露她性感身材的衣服，以為這樣可以導致奇蹟出現，儘管那其實導致了相反的結果。回家後，她開始打掃屋子，覺得看電視和準備食物就是在放鬆。重點是，她只在非常短暫的瞬間想到美好的事情。一直到她上床睡覺，她腦中仍不斷重複著日常的擔憂。

「要是她那天可以稍微撇開那些思想，想到……」

「等等，阿納絲塔夏，解釋一下她的打扮和穿著，還有，當這個男人在她附近時她腦中該想些什麼。她要怎麼做，才會讓這個男人有機會想去靠近她？」

阿納絲塔夏向我鉅細靡遺地描述所有細節。這裡我只轉述我認為最主要的部分：

「應該穿裙擺稍微到膝蓋下面、沒有低胸領口、整套綠色配上小白領的洋裝；盡量不要化妝；帶著興趣聆聽跟她說話的人。」

「就這樣？」我聽了她簡單的解釋後說。

阿納絲塔夏回答：

「這些簡單的事物背後包含很多東西。要讓她選擇這樣的衣服、改變她化的妝，並讓她帶著真誠的興趣看著他人，她需要改變世界觀。」

22 致命的惡習

「弗拉狄米爾，我還得告訴你，等你銀行帳戶有很多錢，你要把它們領出來時，需要遵守的條件。」

「說吧，阿納絲塔夏，這可是個令人愉快的過程。」我回答。

但我接下來聽到的簡直令我爆炸。交給你們去評斷，她是這樣說的：

「要把你的錢從銀行戶頭領出來，你必須遵守以下條件：首先，取款三天前不能碰酒精。你到銀行時，必須讓主管人員至少在兩個目擊證人面前使用你們的儀器來檢測你確實做到這個條件，然後才可以進行下一步。下一步是：你必須在兩個目擊證人和銀行主管面前蹲下、站起來，蹲下、再站起來，至少九遍。」

當她這些認真嚴肅——或者胡說八道——的話傳進我的耳裡，我跳了起來，她也跟著站起來。我不敢相信我的耳朵，於是我開口確認：

「首先讓他們測試我的酒精濃度，再來我要在這些證人面前重複蹲下、站起來的動作至少九遍，是這樣嗎？」

「對。」阿納絲塔夏回答，「每蹲一次，他們會從你戶頭取出——按照今天的幣值——一百萬盧布以內的金額給你。」

我心中充滿了憤怒、不滿和怨懟。

「妳為什麼說這種話？為什麼？我本來心情很好。我相信妳。我已經開始認為妳說的很多事情都是對的，認為妳說的話是有邏輯的，但妳卻……現在我確定妳是個精神異常的人。妳最後說的這些話抹煞了一切，毫無道理與邏輯可言，而且不只我，任何精神正常的人都會這樣告訴妳的。哈！妳該不會還想要我把這些條件寫在妳的書上吧？」

「是的。」

「妳真的完全失常了。妳是不是還要去跟銀行提出指示或命令？」

「不，他們看完書就會這樣對你了，不然他們會破產。」

「我的天啊！！！我竟然聽這個人說話聽了三天？妳是不是也要銀行主管跟我在證人面前一起蹲下再站起來？」

「這樣對他跟對你都有好處。不過我沒有對他們設下跟你一樣嚴格的標準。」

「也就是說妳特別青睞我了？妳知道妳會讓我成為什麼樣的笑柄嗎？被一個精神失常的隱居女人愛上的下場！

「不過這一切都不會成真的，沒有一個銀行會同意在這些條件下為我服務，不管妳怎麼模擬出這種情況。妳離妳的夢想越來越遠了……妳自己在森林裡愛怎麼蹲就怎麼蹲吧！」

「銀行會同意的，甚至會在不知情的情況下替你開戶，當然只有誠實的銀行會這麼做，而人們會信任他們，到他們那裡去。」阿納絲塔夏依然堅持。

我心中的憤怒和不滿逐漸高漲，分不清楚是氣我自己還是氣阿納絲塔夏。畢竟我聽她說話聽了那麼久，也試著去理解，結果她基本上是個瘋子。我開始對她說一些——含蓄地講——對她說一些粗魯的話。

她背靠著樹站著，頭稍微往前傾，一隻手靠在胸前，一隻手抬高輕輕地揮手。

勢。

我認得這個手勢，每次她為了讓四周環境恢復寧靜，以免我感到恐懼，就會做這個手勢。這次我瞭解她為何需要安撫環境。

每一個粗暴、羞辱人的字眼像鞭子一樣落在阿納絲塔夏身上抽打她，使她渾身顫抖。

我不再說話。我坐回草地上，背對阿納絲塔夏，決定先讓自己冷靜下來再走去河邊，從此不跟她說話。可是當我聽到她的聲音從背後傳來，我很驚訝她的聲音裡沒有任何委屈或責備。

「你知道嗎，弗拉狄米爾，所有壞事都是當人違反靈性法則並切斷與自然的聯繫時，自己招致而來的。

「黑暗力量試圖利用你們那技術治理的生活，以它暫時的吸引力轉移人的注意，讓人忘了簡單的真理和聖經裡的遺訓。而通常，它們成功的機率很高。

「高傲——人的致命惡習之一。多數人都受到這個惡習的支配。我現在不打算向你解釋這個惡習的致命之處。將來會有許多開悟的人出現在你面前，等你回去以後，你可以靠這些人的幫助或者靠你自己，只要你想要，你就有辦法理解。現在，我只想說：黑暗力量作為光明的反面，無時無刻都在想辦法讓人無法從這個惡習脫困，金錢就是它們其中一樣工具。金錢就是它們想出來的。

「金錢——它就像是高壓地帶。黑暗力量對自己的發明引以為傲，它們甚至相信自己的力量比光明力量還要強大，因為它們想出了金錢並用它來分散人的注意力，使人忘了自己真實的天賦。

「這強烈的對峙長達數千年，人一直處於對峙的中心。但我不想要你受到這個惡習的支配。

「我知道只靠解釋沒有用，幾千年來人類都無法透過理解、找出方法除去這個惡習，當然對你也是一樣。但我真的很想幫你擺脫這種會毀滅性靈的危險惡習。我特地為你想出一個情況，讓黑暗力量的機制失效、瓦解，甚至開始反向操作——根除這個惡習。所以它們才這麼惱怒。它們的惱怒佔據了你，因此你開始用污辱的話罵我。它們想要我也對你充滿怒氣，但我永遠都不會這樣。我知道我想出的方法正中了它們的要害，因此現在我很清楚：它們幾千年來運行無誤的機制確實可以被瓦解。目前我只為你想出辦法，我會再替其他人想出辦法的……

「讓你少喝點毒性的酒精飲料，不當個傲慢、強硬的人有什麼不好呢？你為什麼生氣？當然是因為高傲在跟你作祟。」

她不再說話。我心想：不會吧，她的腦子——或她腦子裡面的什麼——為這種超乎常理、例如在銀行裡蹲下的鬧劇賦予如此深刻的意義，很可能裡面真有它的邏輯在，我應該再冷靜思考看看。

對阿納絲塔夏的怒火都消退了，取而代之的是一股隱約的愧疚感，不過我沒有向她道歉，我只是轉向她，心裡企盼和解。阿納絲塔夏似乎感受到我的心意，馬上神采奕奕、繼續飛快地說起話來。

23 碰觸天堂

「你的頭腦已經疲於理解我說的話了，可是我還有好多事想跟你說，我真的很想……不過你需要休息了，我們再坐一下吧。」

我們在草地上坐下來。阿納絲塔夏把手搭在我的肩膀，把我拉近她。我的後腦杓碰到她的胸部，感到一陣舒服的溫暖。

「別怕我，放輕鬆。」她輕聲地說，並往草地上躺，好讓我更充分地放鬆。她一隻手的手指伸進我的髮間，像在替我梳頭；另一手的指尖迅速地點我的額頭和太陽穴。有時她用指甲輕輕刺我頭部好幾個點。這些動作使我平靜、清醒。然後阿納絲塔夏把手放在我的肩上說：「請聽你周圍現在有什麼聲音。」

於是我開始去聽。我的耳朵捕捉到相當多的聲音，它們長短不一，有各自的音色，和不同的規律。

我開口將聽到的聲音一一列舉出來：鳥在樹上歌唱、昆蟲在草叢裡發出唧唧嚓嚓的聲音、樹葉摩擦窸窣作響、鳥兒振翅的拍動聲……將全部的聲音都數出來以後，我闔上嘴，繼續仔細聆聽，我覺得這樣做很舒服，也很有趣。

「你還沒有全部講完。」阿納絲塔夏說。

「我全都說了，」我回答：「也許是我漏了什麼不是很明顯、或是我聽不到的聲音吧——不是很重要的聲音。」

「弗拉狄米爾，你沒有聽見我的心跳聲嗎？」阿納絲塔夏問。

說的也是，我怎會沒有注意到這個聲音呢？她的心跳聲。

「有啊，」我趕緊說：「當然有，而且聽得很清楚，它很平靜、穩定地跳動著。」

「試著記住你所聽到的聲音之間的間隔。你可以選幾個主要的聲音來記。」

我選了一種蟲鳴、一隻烏鴉的叫聲、溪水潺潺流動和水花濺起的聲音。

「現在我要讓我的心跳加速，你再聽聽看，四下會產生什麼變化。」

阿納絲塔夏的心跳逐漸加快，四周我聽得見的聲音也跟著速度加快、提高音調。

「太驚人了！簡直不可思議！」我大聲嚷嚷，「阿納絲塔夏，它們對妳的心跳節奏可以做出這麼敏感的反應？」

「是的。每當我的心跳有任何變化，萬物、真的是萬物——每一根小草、每一棵大樹、每一隻昆蟲，全都會回應這個變化。樹會加速內部的活動，製造出更多氧氣。」

「所有在人身邊的動植物都會有這種反應？」

「不，在你們那裡，它們不知道要對誰作出反應，而且你們也沒有想要和它們溝通，你們不瞭解這種連結的意義，沒有把自己的資訊充分交給它們。

「在自己小園子工作的人，和植物之間就有可能產生類似的情況，要是他們按照我告訴你的那些程序，讓自己的資訊滲透進種子裡，並開始更有意識地與植物溝通。你想要我帶你體驗一下，當一個人建立出這種連結的時候，會有什麼樣的感受嗎？」

「當然想了。只不過這種事情，妳要怎麼辦到？」

「我把我的心跳速度調整成跟你一樣，你就感覺得到了。」

她把手滑進我的襯衫裡，溫暖的掌心輕輕靠在我胸口。慢慢地，她的心跳開始調節成和我相同的速度。

不可思議的事情發生了：我感受到一股非常的喜悅之情，彷彿我的母親和其他親人都圍繞在我的身邊。我的身體襲來一種柔軟且健康的感覺，自由、歡樂充滿著我的內心，我對一切造物頓時擁有全新的感受。

四周的聲音輕撫著我，向我訴說它們所知的真理——我未能理解，卻透過直覺直接地體悟。似乎我一生中所有經歷過的快樂與滿足，在此刻融為一體，化為一股單一、美妙的知覺。也許這種知覺，就叫做——幸福。

然而，當阿納絲塔夏開始改變她的心跳速度，這美妙的感覺也開始離我遠去。我央求她：「再一下子！再一下，拜託，阿納絲塔夏。」

「我無法維持很久，畢竟我有自己的節奏。」

「再一下下就好了。」我央求。

阿納絲塔夏再次讓幸福回到我的身上，即使時間很短暫，但是等一切都消退之後，愉悅和明亮的感受仍以記憶的形式留存在我心中。

我們陷入沉默一陣子。我想再聽聽阿納絲塔夏的聲音，於是我問：「就是這麼好嗎？最早的人類——亞當和夏娃——只要躺著享受一切安樂和繁榮。不過，沒事做會變得無聊吧。」

阿納絲塔夏沒有回答，反倒問我：「告訴我，弗拉狄米爾，很多人都會像你現在這樣，想到第一個人類亞當嗎？」

「應該大部分的人都會吧。他們倆身處在天堂樂園，有什麼事好做？人類是到後來才開始發展，想出各種事物。人類是透過勞動而發展，人類是因為勞動而更加聰明。」

「需要勞動沒錯，不過第一個人類遠比今天的人類聰明，他的勞動更有意義，且需要高度的智慧、覺察力和意志力。」

「亞當在這樣的天堂樂園裡做了什麼？造了花園？今天任何一個喜歡園藝的人都可以做到，這方面專業的人士更不用說了。聖經裡沒有提到亞當做的其他活動。」

「要是聖經把所有細節都交代清楚，那要花一輩子才讀得完了。聖經要用理解的。每一行背後都有數不盡的訊息。你想知道亞當做了什麼？我可以告訴你。不過首先要記得，聖經說，神囑咐亞當為地上所有生物命名，以及決定它們的目的。而他——亞當——做到了。他做到了全世界的科學機構聯合起來也還做不到的事情。」

「阿納絲塔夏，妳自己向上帝祈求、向祂要了什麼嗎？」

「我已經被賜予這麼多了，怎麼還需要求什麼呢？我應該感謝祂，同時，幫助祂。」

24 我們倆的兒子由誰來撫養？

阿納絲塔夏陪我返回河邊小艇，途中我們在她放置外衣的地點坐下休息。

「阿納絲塔夏，我們怎麼撫養我們的兒子？」

「請你試著理解，弗拉狄米爾：你還沒有能力撫養他。當他的眼睛第一次帶著意識看著世界時，你不該在旁邊。」

我抓著她的肩膀搖她。

「妳說什麼？妳怎能擅作主張？我不知道妳哪來這種奇怪的定論，妳的存在本身就夠奇怪了，但這不代表妳能違反邏輯、擅自決定一切。」

「請你冷靜，弗拉狄米爾。我不知道你說的是何種邏輯，請你冷靜地想一想。」

「想什麼？孩子不只是妳的，也是我的。我希望他有父親，我希望他擁有一切、有機會受教育。」

「請你瞭解，他不需要你認同的物質享利，他從一開始就擁有一切了。他自嬰兒時期就能接收和領會大量訊息，你認為的受教育對他而言是荒謬的，就像送一個偉大的數學家去念小學一年級。

「你想帶沒有意義的玩具給寶寶，可是他一點都不需要。是你需要藉此自我滿足：『看我是一個多麼好、多麼關心你的人。』假如你認為送你兒子汽車或其他有價值的東西是為他好，那麼只要他想要，他自己就有辦法得到。冷靜地想一想吧，弗拉狄米爾，你能對你兒子說出什麼具體而重要的話？你能教他什麼？你生命中做的哪些事能引起他的興趣？」

她繼續用溫和、平靜的聲音說下去，但每一句都令我發抖。

「請你瞭解，弗拉狄米爾，當他開始領會宇宙造物，你在他身邊將會像個發展不齊全的生物。你真的希望這樣嗎？你真的希望你兒子看到父親站在一旁像個傻瓜一樣嗎？

「唯一能使你們親近的只有思想純潔度。但你們那裡很少人有這樣的純潔度。你必須努力達到。」

我知道跟她爭論毫無用處。我絕望地叫道：

「所以他永遠不會知道我這個人？」

「當他有辦法思考、理解，並替自己做決定時，我會跟他提起你，提起你的世界。到時他會怎麼做，我不知道。」

絕望、痛苦、羞辱、可怕的臆測，全在我腦海裡打轉。我想使盡全力狠狠揍這個美麗聰明女隱士的臉。

這下我全都懂了。我心裡明白的一切讓我喘不過氣。

「我懂了！我全都懂了！妳……妳在這裡沒人跟妳睡覺生孩子。妳一開始還故作姿態玩弄我，假裝自己像個修女！

「妳需要一個孩子。妳去了莫斯科。妳賣掉香菇和漿果。妳何不在那裡賣身——脫掉妳的外套和頭巾，馬上就會有人上鉤。用不著織羅網網住我。

「當然！妳要的是夢想有兒子的男人。現在妳到手了。但妳有替孩子想過嗎？替妳的兒子想？妳預設他要過隱士的生活，過妳認為他應該過的生活。她在傳播真理！說得真好聽

——妳太高估自己了，女隱士。妳算什麼，終極的真理嗎？妳有考慮過我嗎？

「對！我夢想有一個兒子！夢想把我的事業傳給他，教他做生意。想有個兒子可以愛。現在要我怎麼活？活著，但知道幼小的兒子在偏遠的森林地上爬著，沒有保護，沒有未來，沒有父親。這令我心碎。妳不會懂的，妳這頭森林母獸。」

「也許你的心將變得明晰，一切都會沒事的？這樣的痛苦將洗滌靈魂，激發思考，召喚你去創造。」阿納絲塔夏輕聲地說。

但我的怒火仍持續燃燒，憤怒到……失去了控制。我抓起一根木棍，跑離阿納絲塔夏，用盡全身力氣打一棵小樹直到棍子斷裂。

然後我轉向站在一旁的阿納絲塔夏，不可思議的是，我一看到她怒氣就開始消退。我心裡想：為什麼我又失去控制發火了？

阿納絲塔夏像上次我咒罵她一樣靠著樹站著，一隻手抬起來頭往前傾，彷彿在抵抗一場暴風雨。

我的怒氣全消。我走近她，看著她。現在她的雙手都按在胸前，身體微微顫抖。她一言不發地只是用她和善——依然和善的眼神看我。我們就這樣站著互看好一陣子。我心想：她不會說謊，這點毋庸置疑。

她可以不用對我說這些的，但是她……。

她知道說了自己不會好受，但是她還是說了。當然這樣也很極端。一個人只能說實話、只能說心裡想說的話是活不下去的。但她就是這樣，無法改變，你還能怎麼辦？

事情發生就發生了，木已成舟。現在她要成為我兒子的母親了。

就像她說的，她將成為一個母親。

想當然她會是個奇怪的母親。她的生活方式……她的思考邏輯……唉，不管怎樣都沒用。

反正她的身體很強壯，人又善良。很瞭解自然和動物。很聰明，雖然是很特殊的聰明方式。

不管怎樣，畢竟她知道很多撫養小孩的事。她一直想講的就是關於小孩的事。她會帶大我們的兒子，像她這樣的人會帶好他的。她經得起寒天雪地，那對她來說根本不算什麼。她會好好把他帶大、培養他。

我自己要適應這種情況。只要當成夏天去夏屋拜訪他們就好了。冬天不可能，我沒辦法。不過我可以夏天跟兒子玩。他會長大，然後我會跟他說說大城市裡面的人……。這次我應該跟她道歉才是。

「對不起，阿納絲塔夏，我又神經兮兮了。」

她立刻說：

「不是你的錯。不要怪你自己。別難過，你只是擔心你兒子。你怕他過得不好，怕你兒子的母親只是一頭禽獸，不能用真正人類的愛去愛他。但是你別擔心，你別難過，你會這樣說是因為你還不知道——親愛的，你還不知道我的愛。」

25 穿越時光

「阿納絲塔夏，假如妳真的這麼聰明且無所不能，表示妳也能幫我囉？」

她看了看天空，再看看我。

「整個宇宙沒有任何生命能發展得比人更有力量或更自由。其他文明全都要拜倒在人的膝下。各種其他文明都只能朝一個方向發展、進步，它們不是自由的。它們甚至還無法理解人的偉大。神——偉大的意識——創造了人、賦予了人，神賦予人的，比誰都多。」

我聽不懂——或者說當下沒有聽懂她說的。我再問了一次同樣的問題，請她幫我，但是連我自己也不清楚我需要什麼幫助。

她問：「你想要的是什麼？要我治好你所有的病痛嗎？

「那一點也不難，我半年前就做過了，但是重點部分毫無見效。你們那裡的人慣有的毀滅性、黑暗的東西沒有從你身上減少，各種病痛又試著回來……女巫！瘋掉的隱居人！我要盡快離開這裡！……你正在這樣想，對嗎？」

「沒錯，」我驚訝地回答：「那正是我在想的。妳讀了我的心？」

「我猜你這麼想。事實上，全都寫在你臉上了。弗拉狄米爾呀，你真的……一點都不記得我了？」

她這個問題讓我超級驚訝，我仔細端詳起她的五官。她的眼睛……我確實感覺曾經在哪見過……在哪呢？

「阿納絲塔夏，妳自己說妳一直住在森林裡，我怎麼可能見過妳呢？」

她對我笑了一下然後跑掉。

不久後，阿納絲塔夏穿著長裙和咖啡色鈕扣的上衣從樹叢後方走出來，頭髮用頭巾盤起來，沒有在河邊遇到她時穿的那件棉襖，頭巾綁法也跟當時不太一樣。她的衣著整潔，不過並不時髦，用頭巾包住額頭和脖子……我想起來了。

26 奇怪的女孩

去年商隊輪船停泊在離這裡不遠的村子旁邊，我們得為餐廳買點肉，在岸邊停留了一段時間。

六十公里後就是危險的河段，輪船無法在這種情況下航行（某些河段沒有導航燈火）。為了不浪費時間，我們開始利用對外的擴音器及當地的廣播，宣佈今晚將有海上派對。岸邊閃爍著無數燈光、播放著悠揚音樂的白色輪船吸引著當地青年。這次幾乎全村的年輕人都往船梯靠過來了。

就像所有第一次踏上甲板的人一樣，他們起先都忙著到處晃晃，急著看遍船上每個角落。走過底層、中層和上層的甲板後，最後都會聚集在酒吧和餐廳。按照慣例，女性會去跳舞，男性則偏好喝酒。船上特殊氛圍加上音樂和酒精，總讓他們處於興奮狀態，這有時給團員帶來不少麻煩。通常他們會覺得時間不夠，集體要求延長派對時間，一開始要求半小時，再來會越要越多。

當時我在包廂，聽到餐廳傳來的音樂，正考慮調整船隊再來的行程。突然我覺得有誰在注視我。我轉過去，從窗戶看到她的眼睛。這沒什麼好驚訝的，來參觀的人總喜歡往艙房裡看。我起身打開窗戶。她沒有離開，只是有點害羞地繼續看著我。我感覺自己想對這個獨自站在甲板的女人好一點，心想：為什麼她沒有跟其他人一樣去跳舞？也許她有什麼不幸？

我表示要帶她參觀輪船，她安靜地點點頭。我帶她在船上四處走，為她展示辦公廳——裡面高雅的裝潢總讓參觀者驚豔——鋪著地毯的地板、軟皮傢俱、多台電腦。然後我邀請她進入我由一間臥辦兩用艙房和一間會客室組成的包廂，裡面鋪了地毯，配上高級傢俱、電視和影像播放器。

當時我大概以展示文明世界的成就震撼鄉下姑娘為樂。

為了徹底使她驚豔，我打開一盒糖果，倒了兩杯香檳，打開錄影機，薇卡．奇加諾娃正在唱著「愛與死」。這卷錄影帶還有其他我最愛的歌手演唱的歌曲。她只輕輕用嘴巴沾了一點香檳，然後，認真地看著我，問我：

「很辛苦，對嗎？」

我什麼都料得到，除了這個問題。

這趟旅途真的很艱辛。導航困難複雜；河運學校見習生組成的團隊裡有人抽大麻、偷商店裡的東西；我們總是進度落後，無法在當地已經公佈船隊抵達的時間內到達該地。這些重擔及其他焦慮總壓得我無法好好欣賞沿途風景，甚至無法好好睡上一覺。

我應付她幾句，例如「沒什麼，我們撐得下去。」之類的話，然後轉身面對窗戶，喝我的香檳。

我們聊了一些別的話題、聽錄影帶播放的歌，直到輪船回到岸邊、派對接近尾聲。我送她到船梯。回到包廂後，我心想這女人有些奇怪和特別，跟她相處過後有一種輕盈、明亮的感覺。那晚是我連續好幾天以來第一次睡得好覺。現在我知道了，船上那女人就是阿納絲塔夏。

「那是妳，阿納絲塔夏？」

「對。我就是在你的包廂把那些歌記起來的，後來在森林裡唱給你聽的那些歌。我們講話時它一直在播放。你看，就是這麼簡單。」

「妳怎麼會上船？」

「我對你們的情況跟生活很感興趣。弗拉狄米爾，畢竟我向來都只跟夏屋的小農有接觸。那天我跑到村子裡，把松鼠搜集的乾香菇賣掉，買了一張你們的門票。現在我對你們稱為企業家的人所知甚多，也很瞭解你。

「我真的、真的很對不起你。我不知道事情會變成這樣，你的命運被我大大地改變了。對此我無能為力，因為**它們**已經接手這個計畫了，**它們**只聽上帝的。從現在開始你跟你的家人會有段時期非常難熬，需要克服許多困難，不過之後一切都會過去的。」

雖然我不清楚阿納絲塔夏指的到底是什麼，但我的直覺告訴我，有件超乎我們生活常理的事即將發生，且直接波及到我。

我請阿納絲塔夏詳細地告訴我她說的改變我的命運是什麼意思，還有她說的困難又是什麼。聽她講起來，我實在很難想像，事情真的會照她預測的那樣，在真實生活中一一發生。

阿納絲塔夏開始自己的故事，再次把我帶回一年前的這起事件：

「當時，你帶我參觀輪船的每個角落，包括你的包廂。你請我吃糖果、喝香檳，最後送我到船梯。不過我沒有馬上離開。我貼近樹叢，站在岸邊，看見明亮的酒吧窗戶裡還有當地的年輕人在跳舞、玩樂。

「你每個地方都帶我去了，就是沒有帶我去酒吧。我猜得到原因：我穿的不體面、包著頭巾、上衣不時髦、裙子太長。可是我也可以拿掉頭巾，我的上衣很整潔，裙子也是在見你之前認真用手整平過的。」

那晚我確實因為阿納絲塔夏奇怪的衣著沒有帶她去酒吧。現在再清楚不過了，這個女孩是用她奇怪的衣著來掩飾會令她立即出眾的美麗。我說：

「阿納絲塔夏，妳怎麼會想去酒吧？難不成要穿著膠鞋在那裡跳舞？妳又怎麼會跳現在年輕人跳的舞？」

「我那時候不是穿膠鞋。我為了買你們船的門票，拿香菇換錢時跟那位婦女借了一雙鞋子。鞋子是很舊沒錯，而且太緊，不過我有用草清乾淨。跳舞的話……我只要看一次就會了，我會跳得很好的。」

「妳生我那天晚上的氣？」

「沒有。只是，如果你有帶我去酒吧，雖然我不知道這樣是好還是不好，至少事情會發展得不一樣，也就不會發生這樣的事了。不過它就這樣發生了，我不後悔。」

「什麼事發生了？發生什麼事這麼可怕？」

「你送我走以後沒有馬上回到包廂。你先去船長那裡，然後你們倆一起去酒吧，這對你們來說是家常便飯。你們一進去就吸引眾人目光：船長穿著端莊的制服，相貌堂堂；你是個高尚、令人景仰，為河邊居民所熟知的、大名鼎鼎的米格烈。一個船隊的主人對這裡的人來說就是不一樣。你們很清楚自己給周圍的人帶來的印象。

「你們坐到村裡三個年輕女孩那裡。她們都只有十八歲，剛從中學畢業。

「馬上就有人送來香檳、糖果和新的高腳杯——比原來放在桌上還要漂亮的高腳杯。

「你握著其中一個女孩的手，靠過去在她的耳邊說些什麼……我知道，那就是人家說的『恭維的話』。你跟她跳了幾次舞，繼續跟她說話。那個女孩的眼睛都亮了，彷彿置身另一個世界，一個童話世界。

「你帶她到甲板上參觀輪船，像我一樣。你帶她到你的包廂，像我一樣，請她吃糖果、喝香檳。不過你跟那女孩在一起時有點不一樣，你的心情愉悅。跟我在一起時，比較嚴肅甚至鬱悶；但是跟她，你的心情愉悅。我從你包廂明亮的窗戶看得一清二楚，也許那時，我有點希望自己是那個女孩。」

「意思是妳在嫉妒嗎，阿納絲塔夏？」

「我不知道，那種感覺對我來說是陌生的。」

我回想那天晚上和那些竭盡所能打扮得年紀大一點、時髦一點的鄉下女孩。早上我還跟船長再一次取笑她們昨晚脫軌的行徑。當時我在包廂裡感受到那個女孩處於隨時都可以獻出一切的狀態，但是我無意佔有她。我把這告訴阿納絲塔夏，她回說：

「你還是佔有了她的心。你們到甲板上去，那時天空下著小雨，你把外套披在女孩肩上，帶她回到酒吧。」

「妳在幹嘛，阿納絲塔夏，一直冒雨站在樹叢那邊嗎？」

「那沒什麼，只是一點小雨，很溫和。只不過它們擋住我的視線，而且我真不希望把裙子和頭巾弄濕。那是我媽媽的。我媽媽留給我的。不過我很幸運，在岸邊找到一個塑膠袋。我把它們脫下來放進袋子裡，藏在我的上衣裡面。」

「阿納絲塔夏，如果妳還沒回家就開始下雨，妳可以回來船上啊。」

「不，我不能。你已經送我了，而且你還有別的事。反正一切都結束了。」

「當派對結束、輪船必須離開時，你們在女孩們——主要是跟你獨處過的女孩——的請求下暫緩開船。一切都在你的掌控之中，包括她們的心。你很沉浸在這種掌控的力量。當地年輕人感謝那些女孩，那些女孩也透過你感受到自己被賦予那種掌控的力量。她們完全忘了也一起在酒吧裡、從學校時代就是朋友的那些年輕男孩。

「你和船長送她們到船梯。然後你回到包廂。船長升起橋板，鳴了汽笛，輪船緩慢、緩慢地離了岸。跟你跳過舞的女孩和女生朋友們還有當地的男孩站在岸邊目送輪船離開。

「她的心跳得多麼激烈，彷彿要從胸膛跳出來飛走。她的心思和情緒亂成一團。

「她的身後是熄了燈火、一整片鄉村房舍黑壓壓的輪廓線；眼前是自此永遠離岸、燈火通明、繼續慷慨向水面和夜晚的河岸傾吐樂聲的白色輪船。

「向她說了從沒聽過的美麗言詞的你就在那艘離去的白色輪船上，那些言詞多麼令人陶醉、誘人。然而這一切正緩慢地、永遠地離她而去。

「她決定要在眾人面前做一件事……

「女孩握緊拳頭，絕望地大喊出聲：『我愛你，弗拉狄米爾！』一次又一次。你有聽到她在喊嗎？」

「有。」我回答。

「不可能沒聽到。你的團員也聽到了，有的還跑到甲板上笑那個女孩。

「我不想要他們嘲笑那個女孩。後來他們好像感覺到什麼，就不再笑了。但是你沒有出現在甲板上，船繼續緩慢地離開。她以為你沒聽到，執意繼續喊著『我愛你，弗拉狄米爾！』

「後來她的幾個女生朋友也加入，幫她一起喊著。我很想知道那是什麼樣的情感——愛，如此讓人失去控制。也可能是因為我想幫那個女孩，所以我也跟她們一起喊『我愛你，弗拉狄米爾！』

「那一刻我似乎忘了一句話不可能只是單純地說出來，背後一定包含感情、意識與真實可信的自然訊息。現在我知道那是多麼強烈的情感，也多麼不受理智控制。

「那個鄉下女孩後來變得憔悴，開始喝酒。我好不容易才有辦法幫助她。現在她已嫁為人婦，為日常家務操勞，我只好把她的愛融入我的愛。」

這個女孩的故事有點擾亂我。阿納絲塔夏的描述使我記起那晚所有細節，每件事真的就照她說的那樣。那是真的。

阿納絲塔夏表達愛意的方式很特別，但我當時沒什麼感覺。見識過她的生活方式、知道她的世界觀之後，她對我來說，已經越來越不真實。儘管她就坐在我旁邊，我可以輕易地碰到她。我的意識已經習慣用別的準繩來判斷事情，無法接受她是一個真實的人。現在她再也無法引起我初遇她時被她吸引的那種感覺了。我問她：

「所以妳是說，妳有這種新的感情純屬巧合？」

「這種感情值得且重要，」阿納絲塔夏回答：「甚至讓人愉悅。但我希望你也愛我。我知道一旦你認識了我和我的世界，就不會認為我是個普通人，甚至你可能有時候還會怕我……現在事實就是如此，這都要怪我自己，我犯了很多錯。不知道為什麼我一直很心急、很衝動，無法好好解釋。這一切都很蠢吧？對不對？我應該改進才是？」

她說著，露出了苦笑，並把手放在胸前，我立刻聯想到那天早上跟阿納絲塔夏發生的事。

27 蟲子

那天早上我決定跟阿納絲塔夏一起她的晨間巡禮。剛開始一切都好，站在樹下，摸各種植物的嫩芽，聽她講解各種植物，然後跟她在草地上躺下來。我們全身赤裸，連我也不覺得冷，當然可能是因為我跟她在森林跑步的關係。我的心情超好，好像不只身體，連內心都感到輕盈。事情是從我感覺到大腿有點刺刺麻麻的時候開始的。我抬頭發現我的大腿跟小腿上有一些螞蟻跟甲蟲之類的昆蟲，我舉起手想打牠們，卻打不到，因為阿納絲塔夏抓住我的手，「別碰牠們。」她說。

然後她轉過來跪在我面前，把我的另一隻手壓在地上。我像被釘在十字架上躺在那裡。我想掙脫她的手，但沒有用。我發現要掙脫根本是不可能的事。我用力掙扎，她卻沒用什麼力氣就繼續壓著我，還一直面帶微笑。我感覺到我的身體有越來越多東西爬上來，刺我、咬我、叮我，我論定牠們就要開始把我吃掉。不管直接或間接的意義，我都是掌控在她的手裡。我評估自己的處境：沒人知道我在這裡，也沒人會經過這裡，就算有人經過了，也只能看到我的白骨——如果還有剩下骨頭的話。當時各種念頭飛過我的腦海，而大概在自我保護的本能驅使下，我做出唯一可能得救的舉動：絕望中我使出全力咬住阿納絲塔夏裸露的胸部並拼命左右搖頭，直到她尖叫我才鬆開牙齒。阿納絲塔夏放開我跳起來，一手摸著胸部，一手向天空揮手，並試著擠出笑容。我也跳起來對她嘶吼，拼命抖掉爬在我身上的東西。

「想把我拿去餵這些毒蟲，妳這個森林女巫！沒那麼容易！」

阿納絲塔夏繼續對提高警覺的四周環境揮手、盡力擠出笑容。她看著我，不像平常用跑的，而是頭低低地慢慢走到湖邊。我站在原地好一陣子，想著接下來該怎麼辦。回到河邊嗎，但要怎麼找到路？跟著阿納絲塔夏嗎，但又是為什麼？結果我還是走到湖邊了。

阿納絲塔夏坐在湖邊，用雙手揉搓一些植物，擠出汁液抹到她被我咬出一大片淤青的胸部。一定很痛。但她為什麼要把我壓住？我在她身邊徘徊了一陣子，才開口問她：

「痛嗎？」

她沒有轉頭，只是回答：

「心更痛。」並繼續靜靜地塗抹植物汁液。

「妳為什麼要這樣整我？」

「我想幫你。你皮膚的毛細孔都堵住了，根本不能呼吸。小昆蟲可以清理它們。那沒有那麼痛，其實還有點快感。」

「蛇呢，牠不是要用牙齒碰我的腳嗎？」

「牠沒有要對你做什麼壞事。就算牠放出毒液，也只是在表面而已，我會馬上把它抹掉。你腳底的皮膚跟肌肉都麻痺了。」

「那是因為一場意外。」我說。

有一陣子我們都沒有說話。這一切感覺很蠢，不知該說些什麼，於是我問她：「怎麼了，那個看不見的誰怎麼沒有像上次我失去意識時那樣幫妳？」

「他沒有幫我因為我在笑。你咬我的時候我盡量笑。」

我感到難為情。我拔了一撮旁邊的草，用兩手全力地搓，跪在她前面，用濕濕的手掌擦她的淤青。

28 夢想——創造未來

現在我已經知道阿納絲塔夏的感受，知道儘管她再怎麼特別，她都想要證明自己是個自然、正常的人，因此我了解自己那天早上在她心裡造成什麼樣的痛苦。我再次對她道歉。阿納絲塔夏回答說她沒有生氣，只是現在因為她自己創造出的一切而替我擔心。

「妳能創造什麼，有這麼可怕嗎？」我問，並且再次聽到一個希望自己跟世界上其他人一樣正常的人，不應該這麼正經八百說出口的話。沒有人會這樣說自己的。

「輪船離開以後，」阿納絲塔夏繼續說：「當地年輕人回到村莊，我一個人站在岸邊一陣子，感覺很舒服。然後我跑回森林。白天跟平常一樣過去了，但是到了晚上星星出來的時候，我躺在草地上開始夢想，就在那時想出了這個計畫。」

「什麼計畫？」

「你知道嗎，你居住的那個世界，人人都各別知道一點我所知道的事物，只要合起來，他們幾乎知道全部，只是不完全瞭解這整個機制如何運作。

「那時我想像你會到大城市跟許多人說我、還有我解釋給你聽的事。你會用你們習慣傳遞訊息的方式——你會寫一本書。很多很多人會讀到這本書，這本書將為他們輕輕揭開真相。他們將減少生病的機會、改變對小孩的態度、為小孩發展新的教育方式。人們將有更多的愛，地球將發射更多光明的能量。

「藝術家會畫我的肖像，那將是他們最棒的傑作。我會努力激發他們的靈感。他們會製作你們所謂的電影，那將是最棒的電影。你會看著這一切，並想到我。

「瞭解我告訴你的一切、並懂得欣賞這一切的科學家會去找你，他們會給你很多解釋，你會比較相信他們而不是相信我，到時你會瞭解我不是女巫，我是人，只是我裡頭的資訊比別人多。

「你寫的東西會引起很大的興趣。你會很有錢，十九個國家的銀行裡都有你的錢。你會去聖地朝聖，洗淨你體內黑暗的東西。

「你會想起我，愛我，希望再看到我和你兒子。你會想要配得上你兒子。

「我的夢想很鮮明，但可能祈求的性質多了點。也許這就是為什麼一切會發生。**它們**把這當成一個付諸行動的計畫，並決定要帶人們穿越黑暗力量時光。每當地球上、地球人的內心和思想裡，誕生了詳實的計畫，這就會被允許。

「**它們**大概把這當成一個盛大的計畫，可能還增加了一些東西，所以黑暗力量在加緊行動。從來都沒有這樣過。我從鳴響雪松看出來的，它的射線變得更強烈了，鳴響聲也越來越大——它急著把光和能量送出去。」

我聽阿納絲塔夏說著說著，越來越覺得她精神異常。說不定她很久以前從某個醫院逃到這裡、住在森林裡，而我卻跟她睡了覺，現在還可能有了小孩……天哪，什麼跟什麼！不過看到她這麼認真，這麼興奮地跟我講話，我還是盡量安慰她。

「別擔心，阿納絲塔夏，妳的計畫顯然不會實現，所以光明力量跟黑暗力量沒有必要鬥爭。妳還沒那麼了解我們的生活常態、規則和條件。問題是我們今天出版成千上萬的書，但是就連知名作家的作品也很少人買。我根本不是作家，我沒有那種天份和能力、或教育程度去寫出東西來。」

「是的，弗拉狄米爾，以前你沒有，但現在你有了。」阿納絲塔夏聲明這點來回應我。

「好，」我繼續安撫她：「不過就算我寫了，也沒有人要出版，沒有人會相信妳的存在。」

「但我真實存在。我存在，為了某些人；為了這些人，我存在。這些人會相信，這些人會幫你，如同我日後會幫他們一樣。然後跟這些人一起，我們……」

我一下無法理解她在說什麼。我繼續安撫她：

「我不會寫的，連想都不會去想。這根本沒道理，妳必須瞭解。」

「你會寫的。**它們**已經構成一整個系統讓你不得不寫。」

「妳當我是什麼，某人手中的傀儡嗎？」

「很多情況操之在你。不過黑暗力量將千方百計阻撓你，甚至製造絕望的假象逼你自殺。」

「夠了，阿納絲塔夏，我聽夠了妳不切實際的幻想。」

「你認為這些都只是幻想？」

「對！對！幻想。」我很快終止對話。

一個牽扯到時間的觀念在我腦中迸出來，我突然懂了。阿納絲塔夏告訴我的這一切，她的夢想，都是她在一年前想出來的。那時我還沒像現在這樣認識她，也還沒跟她睡覺，然而一年後，這一切都成真了。

「也就是說，已經在發生了？」我問她。

「當然。要不是因為**它們**，還有一點點因為我，你的第二次商旅不可能成行。第一次結束以後你就已經很難維持下去了，而且也不再有輪船的持有權。」

「意思是妳影響了河運局，還有幫我的那些公司？」

「是的。」

「所以是妳害我損失慘重，也造成他們的虧損。妳有什麼權利干涉？我還丟下船跟妳坐在這裡，可能上面都已經被偷光了。妳會催眠吧，不，比那還可怕，妳是女巫。不然就是精神失常的隱居人。妳什麼都沒有，連房子都沒有，還在我面前講一堆哲理，妳這個邪門的女巫！

「我——一個企業家！妳到底知不知道那是什麼意思？我是企業家！就算我死了，我的船還在河上為人們帶來貨品。我就是那個提供人們所需的人。我也可以供應妳，但妳可以給我什麼？」

「我？我可以給你什麼？我可以給你一滴天堂的溫柔寧靜。你將成為雙眼清澈的寫作天才——我是你那充滿詩意的意象。」

「意象？誰要妳的意象？那可以拿來幹嘛？」

「它可以幫助你為人們寫書。」

「噢，拜託！又是妳不切實際的幻想！」

「我從來沒對任何人做過壞事，我不能。我是人！如果你這麼關心俗世裡的物品和金錢，等一陣子吧，它們會回來的。

「我對你很抱歉，我做了這樣的夢，讓你有段時期很難熬，我當時想不到別的。你看不到這中間的邏輯，你要被你們那裡的生活情勢所逼才看得到。」

「妳看！」我忍不住說：「用強迫的？妳做這種事，還想要別人把妳當正常人看待。」

「我是人。女人！」阿納絲塔夏激動起來了，從她的口氣聽得出來：「我只想到美好、光明的事。我想要你被淨化。所以我那時才想出到聖地朝聖和寫書的主意。**它們**接受了，而總是在和**它們**對抗的黑暗力量，從來就無法在最重要的關頭獲勝。」

「那妳呢，以妳的智力、以妳的資訊和能量，妳卻只打算袖手旁觀？」

「在兩大陣營的角力之中，我個人的努力是微不足道的，需要你們那裡很多人來幫忙。我會搜尋這些人、尋獲這些人，如同你住院時我找到你一樣。只是你自己必須有所提升，提高你的意識，戰勝你體內不好的東西。」

「我體內有什麼不好的東西？我在醫院做了什麼壞事？妳又不在那邊，妳要怎麼治我的病？」

「當時你絲毫感覺不到我的存在，但我就在你身邊。在船上的時候，我給你鳴響雪松的樹枝，那是媽媽死前折斷的。你邀我進去時我把它留在你的包廂。你那時就已經生病了，我可以感覺得出來。你還記得那根樹枝嗎？」

「記得，」我回答：「事實上它掛在我包廂很長一段時間，很多團員都看到了。我把它帶回新西伯利亞，不過沒特別留意它。」

「你把它丟了。」

「因為我不知道……」

「對，你不知道……你把它丟了……媽媽的樹枝沒有來得及擊退你的疾病，你進了醫院。回去以後仔細看一下你的病歷，你可以在病歷表上看到，即使用了再好的藥，你的病情都沒有改善。後來他們給你用雪松油。嚴守醫療規定的醫生本來不應該這麼做，但這位醫生採用了醫療手冊沒有提到、也沒有人使用過的療法，你還記得嗎？」

「記得。」

「幫你治療的，是你們城裡其中一間最好的診所裡的科主任，一個女人。但是她主治的科目跟你的病情無關。她把你留下來，儘管上面的樓層就是主治你病症的樓層。對嗎？」

「對！」

「她幫你打針，打針時在昏暗的房間裡放了音樂。」

阿納絲塔夏描述的全是真實發生在我身上的事。

「你還記得那個女人嗎？」

「記得。她是負責前州委醫療院的科主任。」

突然阿納絲塔夏仔細盯著我，斷斷續續說著讓我馬上嚇得渾身打顫的一段話：「你喜歡什麼類型的音樂？……好……這種嗎？不會太大聲吧？」她用的完全是幫我治療的那位科主任的聲音和腔調。

「阿納絲塔夏！」我叫了一聲。

她阻止我。「聽下去，看在老天的份上，別這麼驚訝。試著、試著了解我要對你說什麼。至少動點腦筋。目前為止，這些對人來說都很簡單。」她繼續說：

「這是一位很好的女醫師。真正的醫生。我跟她相處融洽。她善良直率。是我不希望你被轉到其他科。你的病要在其他科被治療，不是在她那裡。但她對上級說：『把他留下來吧，我會治好他的。』她覺得她能做到。她知道你的病純粹是『別的東西』導致的，她試著對付那個『別的東西』。她是醫生。

「但是你都做了什麼？你繼續愛怎麼做就怎麼做，抽菸、喝酒、吃辣的、吃鹹的，不管胃潰瘍多麼嚴重。你沒有拒絕任何享樂行為。在你潛意識裡，奠定了這樣的想法——這一切都沒什麼好怕的、什麼事都不會發生在你身上——連你自己都不曾起疑。我沒有做到什麼好事，很可能還幫了倒忙。你意識裡的黑暗面沒有減少，意志力和覺察力也沒有增加。你康復以後派你的員工去向這位救你一命的女醫師祝賀節日，但你自己連一通電話也不曾打給她。她在等你的電話，她愛上你了，就像……」

「她還是妳，阿納絲塔夏？」

「我們，如果這樣對你來說比較清楚。」

我站起來，邁開兩三步，不知道為什麼，遠離坐在倒木上的阿納絲塔夏。我的情緒和思想混亂，讓我更不知道要用什麼態度面對阿納絲塔夏。

「你又不懂我是怎麼辦到的，你又害怕了，可是很容易就可以猜到我是靠想像力跟準確分析各種情況做到的。你又開始覺得我……」

她再不說話，頭低低的垂到膝蓋。我也沉默地站著，心想：她怎麼盡說這些令人難以置信的事？說了又因為令人難以理解而沮喪。看來她真的不懂沒有一個正常人會接受這些事情，也沒有人會把她當成正常人。

後來我還是走到阿納絲塔夏面前，撥開她蓋住臉的頭髮。眼淚從她湛藍帶點灰褐的大眼睛滑出來。她笑了，說了些不符合她個性的話：

「女人就是女人，對嗎？

「現在你對我存在的這個事實感到震驚，不敢相信你的眼睛。你沒有完全相信，也不懂我在說什麼。

「我存在的事實和我的能力都讓你震驚，你完全不把我當正常人，但是請相信我，弗拉狄米爾，我是人，絕不是女巫。

「你對我的生活方式感到震驚，但為什麼另一種就不令人震驚、不令人覺得矛盾？

「為什麼承認地球是個天體、是至高無上的智能最偉大的創造、每個系統都是祂最精心設計的人，卻在破壞這些系統，在這麼努力地拆解它呢？

「對你們來說，人造太空船、人造飛機是很自然的東西，但它們整個機具卻是用最偉大的、活生生的大自然機制被破壞後，再次熔化的殘片製成的。

「想像一個人破壞了一台正在飛行的飛機，就為了用它的殘片做鎚頭或刮刀這類粗糙的工具還引以為傲。這個人不了解他不能永無止境地將飛機破壞下去。

「你們怎麼不了解，你們不能這樣子破壞我們的地球！

「電腦被當成人工智慧的一項成就，但很少人知道電腦頂多只能跟義腦相比。你可以想像如果一個人有健全的雙腳卻只用拐杖走路，當然他腳上的肌肉會萎縮。如果不停鍛鍊大腦，機器永遠不可能勝過人的頭腦……」

阿納絲塔夏拭去滑下臉頰的淚水，執拗地繼續闡述她奇異的論點。

當時我根本料想不到她說的話會激勵這麼多人、引起科學家的討論；就算當成假設的理論，她的論點也被認為是世上獨一無二的。

按照阿納絲塔夏的說法，太陽類似鏡子。它反射來自地球、肉眼看不見的光線。這種光線是從處在愛、喜悅或其他明亮感受的人們身上發射出來的。太陽反射它們，讓它們以陽光的形式回到地球，為地球上的一切帶來生命。

她舉了許多例子支持她的論點，雖然這些例子也很難以理解。
「如果地球跟其他星球只消耗太陽本身美好的光線，」她說：「太陽就會熄滅，或燃燒得不均勻，它閃爍的光線會參差不齊。宇宙中沒有單向的程序，一切都是互相關聯的。」
她還引述聖經的句子：「這生命就是人的光。」
阿納絲塔夏還說一個人的感情也能透過星體的反射傳給另一個人。她用一個例子說明並示範：
「沒有一個住在地球上的人可以否認，有人愛著自己的時候，自己可以感覺得出來。在愛你的人身邊，這種感覺會更明顯。你們說這是直覺。事實上，愛你的人會發射看不見的光波，就算這個人不在身邊，只要他的愛夠強烈，你還是可以感覺得到。運用這種感覺，並了解它的本質，奇蹟就會出現。這就是你們說的奇蹟、神秘現象或不可思議的超能力。跟我說，弗拉狄米爾，現在跟我在一起，有覺得好一點了嗎？比較輕盈、溫暖、心滿意足？」
「是有，」我回答，「不知道為什麼，我覺得溫暖一點了。」
「現在我把注意力更集中在你身上，你看看會發生什麼事。」

阿納絲塔夏睫毛稍微低垂，慢慢往後退了幾步，停下來。我身上產生一股舒適的暖意。溫度在上昇，但不灼熱。它沒有讓我覺得太熱。

阿納絲塔夏轉身慢慢走開，躲到一棵大樹粗壯的樹幹後面。舒適的暖意沒有減少，還多了幫忙心臟輸血的感覺。現在隨著每一次心跳，我都能感覺到血液正被送往全身上下的血脈。我開始出汗，腳底都濕了。

「你看到了吧？現在你懂了吧？」阿納絲塔夏從樹後現身，好像證實了什麼而洋洋得意：「即使我走到樹幹後面你還是感覺得到，當你看不見我，你的感覺甚至變得更強烈了。跟我說你有什麼感覺。」

我告訴她以後，同時問她：「樹幹證明了什麼？」

「你說呢？本來資訊和光的波是直接從我傳向你，當我躲起來，樹幹理應大大地扭曲它們，因為它也有自己的資訊和光線，但是這沒有發生。

「被星體反射、甚至增強了的感情波直接湧向你。然後我展示了你們所謂的奇蹟。你的腳開始出汗，這點你對我隱瞞了。」

「我不覺得那有什麼。腳出汗算什麼奇蹟？」

「我把你體內各種疾病從你腳底趕出來了。你現在應該覺得好多了。連外表都很明顯，你的背沒有那麼駝了。」

真的，我覺得身體好多了。

「所以妳就是像這樣集中注意力、想像一下，就能得到妳要的。」

「多多少少。」

「每一次都能成功嗎，如果想的東西不只是治療？」

「每一次。只要不是抽象的。只要每個細節都被設想周到，而且不違反靈性法則，但這種夢也不是隨便就造得出來，思想要很快、很快，還要有相符的情感波動，這樣一定就能實現。這種事很自然，很多人一生中都會發生這種事。也許你可以找到幾個這樣的人，曾經夢想過什麼、然後完全或部分實現的人。」

「細節……思想……很快很快……妳夢想詩人、藝術家跟書的時候，有把細節設想得很周到嗎？妳的思想速度很快嗎？」

「非常快。具體到每個細微末節。」

「所以現在，妳認為它會實現？」

「是的。」

「妳那時沒有再夢想別的了？妳把妳的夢想全都告訴我了嗎？」

「我還沒把我夢想的所有事情全都告訴你。」

「全部告訴我吧。」

「你……你想聽我說嗎，弗拉狄米爾？真的？」

「對。」

阿納絲塔夏的臉亮了起來，彷彿有一道光芒照射在她的臉上。她受到鼓舞，興奮地開始她那令人難以置信的獨白。

29 穿越黑暗力量時光

「那天晚上我還夢想著，如何讓人們穿越黑暗力量時光。我的計畫和覺察很精準、貼近真實，它們接受了。

「你寫的這本書，沒有經過修飾，所有字母排列都很樸素，然而它們形成的字句將在大多數人的心中產生美好、光明的感覺。這些感覺能夠克服身體和心靈的疾病，能催生未來世代與生俱來的新意識。相信我，弗拉狄米爾，這不是憑空揑造出來的，這符合宇宙法則。

「一切很簡單：你會憑感覺、憑你的內心寫出這本書。你別無他法，因為你沒有寫作技巧。然而，只要憑感覺，你可以做到任何事。

「這些感覺已經在你體內了，包括我的和你的，只是你還沒察覺到而已。它們會被很多人瞭解。它們具體化為符號和組合，比祆教的聖火力量還大。

「不要隱瞞發生的一切，包括私密的部分。放開羞愧的想法，不要怕呈現出愚蠢的模樣。克服高傲的心態。

「我已經把自己完全開放給你了，我的身體，我的靈魂。我希望透過你，把自己開放給所有人。現在我可以這麼做了。

「我知道黑暗力量會大量地襲擊我，反抗我的夢。我不怕它們。我的力量更大，我會活著看見我構想出來的一切。

「我會活著將我的、我們的兒子生下來並將他撫養長大，弗拉狄米爾。

「我的夢會打破黑暗力量幾千年來作用在人身上許多毀滅性的機制，並迫使這些機制開始為美好的事運作。

「我知道你現在不可能相信我。你居住的那個世界，那裡的生活環境，已在你腦中形成既定的常規和預設的框架來阻礙你。

「你們覺得穿越時空是不可能的事。但你們所謂時間及距離的觀念是相對性的。決定它們大小的，不是秒和公尺，而是意識和意志力的強度。

「多數人的思想、感覺、情感的純淨程度，決定人類在時間和宇宙中的位置。

「你們相信占星學，相信自己完全受行星位置的影響。這種信念是黑暗力量的機制引發的。這種信念降低平行的光的速度，使黑暗力量往前推進、擴展。這種信念正在誤導你們，使你們遠離真理、遠離生命的本質。

「請仔細地檢視這點，請想一想——神按祂的形象造了人。人被賦予最大的自由——在光明和黑暗之間選擇的自由。人被賦予靈魂。可見的一切都為人所掌控，甚至與神之間的關係也是自由的——人可以選擇愛祂或不愛祂。沒有誰，也沒有任何事物可以控制人、違背人的意願。神希望人用愛回應祂的愛，但神希望得到的，是完全自由的人——如此完美神似祂的人——自由、自發的愛。

「神為了替所有生命——植物和動物世界——保有秩序與和諧、協助人類的肉體，創造了舉目所及的一切，包括星球。但它們絕對無法駕馭人的靈魂和心智。不是星球在推動人，而是人在用潛意識推動所有星球。如果有一個人希望天空出現第二顆燃燒的太陽，這顆太陽並不會出現，事情是這樣被設定的，以免發生星際災難；但是如果所有人都希望有第二顆太陽，這樣的太陽就會出現。

「想要編寫占星命盤，首先要將基本的因素考慮進去：此人覺察力目前暫時達到的層級、他的意志和精神力量、靈魂的志向，以及他投入當下日常生活的程度。日子不管吉凶、有無磁風暴、高氣壓或低氣壓，全都可以被意志力和意識克服。你沒有看過在陰雨的天氣裡快樂、喜悅的人嗎？或是相反，在陽光明媚的一天裡悲傷、沮喪的人？

「當我說被放進這本書的字母排列組合將療癒和啟發人類，你覺得我只是像瘋子一樣在幻想。你不瞭解，所以你不相信。但事實上它很簡單。

「我現在使用你的語言，以你的用詞甚至腔調來跟你說話。這樣你很容易就將我說的話記下來，因為這是你的語言，專屬於你，同時大部分的人都看得懂。這裡面沒有難懂的句子或少見的詞，它很簡單，所以大部分人都看得懂。

「不過我稍微做了一點修改，也許只有幾個地方，只有一點點。你現在處於亢奮的狀態，所以你只要回憶起這個狀態，就能想起我說的每一句話，而你會把我說的話寫下來。這樣我組合的字句就會出現在你寫的書裡。

「它們非常重要。它們就像禱詞一樣能創造奇蹟。況且你們已經有很多人知道，禱詞就是某些字句的組合。這些組合是開悟的人在神的幫助之下所做的安排。

「黑暗力量總是設法阻撓，不讓人有機會親近這些組合所散發出的恩澤，甚至為此改變了語言，加上新的字、刪除舊的字、扭曲字的意思。例如，從前你們的語言有四十七個字母，現在只剩下三十三個。

「黑暗力量加入其他字母組合、加入它們自己的語法，煽動低級、黑暗的東西，企圖用肉體情慾誤導人。但是我用今天使用的字母和符號，將原初的組合帶回來了，現在它們就要開始產生影響力。

「我費盡千辛萬苦搜尋它們！終於被我尋獲了！我搜集了不同時代的精華。搜集了很多。我把它們暗藏在你即將寫出來的文字裡。你可以看到，這些文字十分精準，成功地轉譯永恆的深邃、宇宙的無窮，以及古老的符號組合所代表的意義、內涵與目的。

「你一定要把你所見所聞全寫出來，什麼都不要隱藏——不管壞的、好的、私密的，這樣它們就會被保存下來。你會相信的，弗拉狄米爾，相信我。等你寫出來，你就會相信的。

「很多人讀到你即將寫的文字，會在心裡產生一些他們還不太明白的情緒與感受。他們會告訴你這些感受，你會親眼見到並聽到他們告訴你。他們的感受是明亮的，之後他們許多人將透過這些感受理解到更多你沒有寫出來的東西。

「就多少寫一點吧。當人們感受到這些組合，你開始相信——當十個、百個、千個人告訴你他們的感受，你就會相信了，然後你會全部寫出來。只要你相信。相信你自己，相信我。

「以後我會再跟你說更重要的事情，他們同樣會理解、同樣會感受得到。但最重要的是撫養小孩。你對飛碟、機械、火箭跟星球有興趣，但我想跟你多說有關撫養小孩的事。我會這麼做的，等我為你奠定了更多覺察力，我會再跟你說的。

「不過，閱讀時別受人工、人造機械聲響的打擾。這種聲響對人不利，使人遠離真相。伴著神創的大自然聲音吧，它們攜帶著真理的訊息和恩惠，有助於提高覺察力，療癒的力量會更大。

「當然，你又再次懷疑，且不相信文字的療癒力量，你覺得我……這絕對不是虛構或神秘的現象，絕對沒有違反靈性法則。

「當明亮的感覺出現在人的心中，它們絕對會對人體所有器官產生良好影響。這種明亮的感覺對任何病痛來說都是最強而有效的藥方。神用這種感覺來進行療癒，聖人也是。你讀了舊約就知道了。你們那裡也有人能用這種感覺療癒。你們那裡很多醫生都知道，如果你不相信，問問他們吧，畢竟你比較能相信他們。

「這種感覺越強烈、越明亮，對接收的人就越有效。

「我一直都能用我的光線來治療。當我小的時候，曾祖父曾教過我，並把一切解釋給我聽。我對我的小農做過好幾次了。現在我的光線力量比祖父和曾祖父強了好幾倍，他們說這是因為我心中產生一種叫做愛的感覺。它如此強大、喜悅，又有點炙熱，我想把它送給所有人，還有送給你。我希望每個人都感覺到美好，我希望一切事物都很美好，就像神希望的那樣。」

阿納絲塔夏異常激昂及篤定地道出她的獨白，彷彿朝時間和空間發射出去。然後沉默。

我被阿納絲塔夏的激昂和篤定嚇到，我看著她說：「阿納絲塔夏，妳全部說完了嗎？妳的計畫，妳的夢，沒有別的細節了嗎？」

「剩下的都是些瑣碎的事，我計畫時很快把它們帶過了，就像完成二乘二的習題這麼簡單。只有一個關係到你的地方比較複雜，不過我也解決了。」

「那就詳細說明一下吧，複雜且關係到我的是什麼事情？」

「你知道嗎，我把你變成地球上最有錢的人，也把你變成最有名的人，過一陣子它就會發生。

「但是當這個夢的細節被一一描繪出來……當它還沒起飛、被光明力量接管……這時黑暗力量……它們總是企圖施以傷害，如同各種副作用般影響這個夢所關係到的、許多不同的人。

「我的思想速度非常非常快，但是黑暗力量還是即時趕上了。它們放下許多俗務，企圖用它們的機制影響我的夢，就在這時候，我想到了。我智勝了它們，迫使它們的機制為美好的事工作。

「黑暗力量困惑了，雖然只有非常短的一瞬間，但那已經足夠讓我的夢被光明力量接住，飛入光明的無窮無盡之中，使它們追趕不及。」
「妳想到什麼，阿納絲塔夏？」
「出乎意料，我把你必須克服各種困難的黑暗時期稍微延長了。為了延長這段時期，我讓自己沒有機會用光線幫你。它們困惑了，完全看不出我行動的邏輯，而這時我卻極為快速地照亮未來和你接觸的人。」
「這是什麼意思？」
「人們會幫助你、幫助實現我的夢，用他們小小的、幾乎無法控制的光線。然而這些小小的光線數量很多，你們同心協力就能把我的夢化為現實。你會穿越黑暗力量時光。其他人也會跟你一起穿越黑暗力量時光。
「成名富有並不會令你傲慢貪婪，因為你會發現金錢不是最重要的，它永遠無法為你帶來溫暖或他人真摯的同情。等你穿越黑暗力量時光，你就會明白了，你會看見、遇見這些人，而他們也會明白。
「至於蹲下的事……為了以防萬一，我先想好你跟銀行之間的關係，而且你一點都不注意你的身體，像這樣在領錢的時候運動一下也好，有些銀行員也是。就算看起來有點蠢也沒關係，至少你可以擺脫高傲這個惡習。

「所以黑暗力量在這段時期想出的種種困難和阻礙，在在鍛鍊著你和你周圍的人。你們的覺察力將有所提升。這些困難和阻礙，反而對你們有利，使你們將來能夠完全避開黑暗力量所自豪的各種誘惑。不管它們採取什麼行動，結果都是一樣的。因此有那麼一瞬間，它們困惑了。現在，它們永遠都追不上我的夢了。」

「阿納絲塔夏！我親愛的夢想家、幻想家！」

「噢！你真好，謝謝你！謝謝你！你說『我親愛的』，真好！」

「不客氣。但我也說妳是幻想家、說妳是夢想家，妳不會不高興嗎？」

「一點都不會。你還不知道，每次只要我的夢想鮮明，連細節都考慮周到，就一定會實現。這一次也絕對會實現。這次是我最愛、也最鮮明的夢。你的書一定會出來的，大家會開始產生一些很特別的感覺，而這些感覺會召喚他們……」

「等等，阿納絲塔夏，妳又開始失控了，冷靜一點。」

＊＊＊

自從我打斷阿納絲塔夏那聽起來再虛幻不過、滔滔不絕又激昂的演講到現在才沒多久。

我不太明白她的獨白意義在哪，她說的每一句話聽起來都不切實際。一年後，《奇蹟與探險》雜誌的編輯在閱讀過包含這篇獨白的手稿後，興奮地把他們最新一期的雜誌（一九九六年五月號）交給我。

我看了內容以後也激動不已。兩大科學家，科學院院士阿納托利．阿基莫夫與弗拉依爾．卡茲那雪夫（Vlail Kaznacheyev），都分別在文章裡談到「至高意識」的存在，以及人與宇宙的密切關聯，也談到了人體所發射肉眼看不見的光線。他們可以用特殊儀器捕捉得到，同時在雜誌刊登兩張人體散發輻射的照片。不過科學家才剛開始探討的東西，阿納絲塔夏從小就知道了，而且還在日常生活中運用自如、拿來幫助別人。

一年前我怎麼可能知道站在我面前，穿著她唯一一件舊裙子，套著笨膠鞋，踢促不安地玩弄上衣鈕扣的女孩阿納絲塔夏，是真的擁有豐富的知識且有能力影響人類的命運？怎麼可能知道，她心中的熱情真能為人類抵擋黑暗與傷害？

我怎麼可能知道俄羅斯家喻戶曉的醫師——俄羅斯醫療人員基金會的會長，會召集他的助手，在他們面前說：「跟她比起來，我們不過區區螻蟻。」還說世上沒有比她更強大的力量，並且對我長期無法瞭解她而感到遺憾？

很多人都感受到這本書散發出來的強大力量。

本書初版小批印刷發行以後，詩歌如洗去污泥的春雨般紛紛降臨。我認為這要歸功於阿納絲塔夏，她也是本書的作者。

親愛的讀者，現在你手上拿的就是這本書，你正在閱讀。這本書是否喚起你內在任何情感，只有你自己知道。你感受到了什麼？這本書召喚你去做什麼呢？

繼續獨自待在泰加林的阿納絲塔夏，仍在她的林間空地持續不懈地用她美好的光線，驅散她夢想前面的障礙。她會繼續集合並鼓勵越來越多人加入，實現她的夢想。

在艱苦的時期，三名莫斯科大學生在我身旁支持我，他們沒有得到他們所付出的勞力相對應得的酬勞（甚至還在物質上支助我）。他們到處打工賺錢，然後熬夜把《阿納絲塔夏》

的手稿打進自己的電腦，尤其是遼沙．諾維奇科夫。

就算進入繁重困難的期末考期間，他們也不願意放下鍵盤。

莫斯科11號印刷廠印了兩千本，沒有經過出版社。而且在這之前，已經有一位《農民報》的記者葉夫根妮雅．柯維特科首度在報紙上發佈阿納絲塔夏的報導。之後還有《莫斯科真理報》的卡佳．戈洛維娜、《林業報》、《新聞世界》與俄羅斯電台。專門刊登科學院著名學者文章的《奇蹟與探險》也顧不得慣例，好幾期專題講的都是阿納絲塔夏，並下出這樣的標題：「即便科學院院士作出最大膽的夢，也趕不上西伯利亞泰加林女巫士——阿納絲塔夏——的真知灼見。是思想的純潔使人無所不知，無所不能。人——最極致的造物。」

只有首都正經的報章雜誌有阿納絲塔夏的報導。彷彿阿納絲塔夏自己選擇了它們，略過小報，小心翼翼維護她夢想的純潔。

但直到我認識她的一年後，這些事情才變得比較清楚。當時我還不了解她，不完全相信她，而且對發生的一切保持某種態度，還試著把話題拉到我熟悉的領域，也就是：企業家。

30 堅強的人

你的人品有多高——由你身邊的人來評估

阿納絲塔夏講了很多我們稱為企業家的這些人，如何對整個社會的精神層面產生影響。她拿起樹枝，在泥土上畫了一個圓；在這個圓裡面，又畫了許多小圓，並在每個小圓中心點上一點；接著她又沿著這個圓的外圍畫了許多小圓。她畫著畫著，越加越多，看起來就像地球內部的星象圖。

「大圓是人居住的地球；小圓是由許多人組成的小團體；點是領導這些團體的人。領導人周圍的人群處於好或壞的狀態，取決於領導人對待他們的方式、領導人要他們做什麼，以及領導人用影響力創造了什麼樣的心理環境。若是大部分人的狀態是好的，團體中每個人會集體散發出明亮的光線；若感覺不好，他們就會散發出黑暗。」她說。

阿納絲塔夏把幾個小圓畫上陰影線，讓它們變暗。

「當然，有很多因素會影響他們內心狀態，但是身處團體的這段期間，影響最大的就是他們和領導人之間的關係。

「有集體的明亮光線從地球發射出來對宇宙非常重要。愛的光線，美好的光線。聖經也說了：『神就是愛。』

「我非常非常同情你們所謂的企業家，他們是最不幸的人。我很想幫助他們，但是只靠我一個人很難。」

「妳錯了，阿納絲塔夏。我們那裡最不幸的，是只能靠養老金度日的人，找不到工作，連找個遮蔽的地方、圖個溫飽都很困難的人。企業家有的比別人多太多了，企業家可以享受別人連做夢都想不到的東西。」

「像是什麼？」

「普遍來說呢，企業家都有一部現代汽車，一棟公寓，而且不愁吃不愁穿。」

「那快樂呢？滿足呢？你看一下吧。」

阿納絲塔夏又把我帶到草地上，告訴我一些場景，就像她第一次帶我看那個夏屋女農。

「你看到了嗎？那個人坐在你所謂的豪華汽車裡。你看，他一個人坐在後座，車裡暖和又舒服。熟練的司機平穩地開著車。但是你看後座那個企業家的臉這麼緊繃苦惱。他在籌備什麼，而且在擔心一些事情。你看，他拿起你所謂的電話，他在擔心……來了，他收到訊息了……現在他必須盡快判斷做出決定。他整個人緊繃起來，他在思考。好了，他做好決定了。現在你看，看好了，他看起來是平靜地坐著沒錯，但是他的臉上還有疑慮跟擔憂，一點都不快樂。車子外面就是春天，可是他看也不看，也感覺不到春天。」

「阿納絲塔夏，那是工作。」

「那是生活方式。而且從他起床那一刻起就不曾間斷，一直到他睡覺，甚至夢裡也一樣。他看不到新吐的嫩葉，也看不到春天的小溪。

「終其一生圍繞在他身邊的都是眼紅的對手，想要奪取他的一切。試著用你們所謂的保全或者像堡壘一樣的房子來防堵他們也不能帶給他百分之百的心安，因為他心中的恐懼和憂慮總是如影隨行。就這樣一直持續到生命結束的那一天，直到死前最後一刻，他甚至還在哀嘆不得不把一切留在身後。」

「企業家也有快樂的時候，只要他達到理想的結果，完成自己的計畫。」

「那不是真的，他根本沒時間替自己的成果感到開心，馬上就要進行下一個更複雜的計畫，一切都要重頭再來一遍，難度越來越高。」

這位森林美女替我描繪了我們社會外表富足，內在卻陰暗可悲的一面，這樣的畫面令我難以接受，我試著反駁她：

「阿納絲塔夏，妳忘了，他們有能力完成預定的目標，替生活贏得美好的事物，讓女人愛慕他們，也受旁人景仰。」

她回答道：「幻覺。沒有一樣是真的。當人們看著豪華汽車裡的乘客，看著擁有那棟最昂貴住宅的主人，你哪能從他們眼裡看到尊敬與讚賞？沒有人會附和你說的。那全是嫉妒、冷漠和被刺激的眼光。就連女人也無法愛他們，因為她們的感情混雜了佔有這個男人的欲望，以及佔有他的財產的欲望。同樣地，這些人也無法真心愛一個女人，他們無法為這麼強大的情感騰出足夠的空間。」

再想出什麼話來辯解也沒用，畢竟只有她說的這些人可以同意或反駁。身為一個企業家，我從沒想過阿納絲塔夏說的這些，從沒計算過我快樂的時間，更沒辦法替別人這樣做。企業家從不抱怨或叫苦，每個人都盡力展現出成功的一面，幸福美好的一面。大概因為這樣，大家對企業家的印象就是一群什麼都不缺的人。

阿納絲塔夏接收到的不是表象，而是埋藏內心的感受。從一個人身上看見多少光芒，就是她判斷此人狀態的依據。我覺得與其聽她講，不如我自己看看那些她看到的畫面和狀況。

我把這個想法告訴阿納絲塔夏，她說：

「我幫你，很簡單。眼睛閉上，雙手打開躺在草地上。放鬆。想像整顆地球，想像它的顏色，想像它有些地方散發出藍色的光。然後縮小你想像力觸及的範圍，讓它不再遍及整個地球，越來越窄，越來越窄，直到你看到具體的細節。到藍光最強烈的地方尋找人群。讓想像力的視線越來越集中，越來越窄，最後你會看到一個人，或好幾個人。好，你再試一次，我幫你。」

她用手順了順我的手指，然後把指尖放在我的掌心。她的另一隻手，靠在草地上，手指朝向天空。我在腦海中照她說的做了一遍，隨後出現了三個人圍坐在桌邊熱烈討論的模糊畫面。我不知道他們在說什麼，因為我什麼也聽不到。

「不對，」阿納絲塔夏說：「他們不是企業家。我們再找一下。」

她用她的光線找了又找，掃描大大小小的辦公室、私人俱樂部、宴會、妓院……這些地方藍光很微弱或者根本就沒有。

「你看，那裡已經晚上了，可是他還一個人坐在煙霧彌漫的辦公室裡，有些地方不太對勁……你看那一個，在游泳池洋洋得意的樣子，身邊都是女孩子。他有點醉意，可是一點光芒都沒有。他只是在逃避某些東西，他得意滿足的樣子都是假的。

「這個在家裡，那是他太太，他小孩在問他事情……電話響了……你看，他又開始認真了，甚至把親人全都拋在腦後……」

她一個接一個，掃描各式各樣的情況，有些表面上看起來不錯，有些看起來不是很好，直到我們看到一個可怕的景象。

我們突然看到一個房間，可能在某間公寓，裝潢得不錯，可是……

圓桌上躺著一個裸體的男人，手腳被捆綁在桌腳上，頭懸空倒吊著，嘴巴被咖啡色膠帶貼起來。桌子旁邊坐著兩個年輕的彪形大漢，一個頭髮很短，一個留著柔順光滑的長髮。離得遠一點的地方，有一盞落地燈，下面的扶椅坐著一個年輕的女子，她的嘴也被貼住，胸部以下被人用麻繩綑綁在椅子上，雙腳也被綁在椅子腳上，全身上下只有一件撕破的內衣。她旁邊坐著一個削瘦的老男人，他正在喝東西，白蘭地之類的。他前面的小桌子上擺了巧克力。

坐在圓桌旁的年輕人沒有喝酒。他們把某種液體——伏特加或酒精——倒在躺著的男人胸口上，然後點火。「他們在尋仇！」我驚覺。

阿納絲塔夏把光線從這場景移開。我大喊：

「回去！做些什麼！」

她回到那一幕，回答說：「我沒辦法。已經發生了，沒辦法阻止。要早一點才行，現在已經太遲了。」

我像著了魔似地看傻了眼。突然，我清楚看見那名女子眼裡滿佈的恐懼，然而她完全沒有求饒的意思。

「做些什麼啊！如果妳還有心的話，至少做些什麼啊！」我對著阿納絲塔夏大叫。

「但這不在我的能力範圍。可以說是原先就設定好了，不是我設定的，我不能直接干涉。現在它們比較強勢。」

「妳那些能力呢？妳的良善都到哪去了？」

阿納絲塔夏一句話也沒說。可怕的景象稍微變得模糊，喝白蘭地的老傢伙突然不見了。

我一時感到全身癱軟。

我還感覺到碰著阿納絲塔夏的那隻手開始麻掉了。我聽見她越來越微弱的聲音，她很辛苦地吐出話來：「手拿開，弗拉狄……」甚至沒能說完我的名字。

我起身把手從阿納絲塔夏那裡抽回來。

我的手垂在那裡，就像有時候壓到手腳變得刺刺麻麻那樣，而且整個都變白了。我活動活動手指，麻痺的感覺才開始消失。

我看看阿納絲塔夏，她的樣子讓我嚇壞了。她閉著眼睛，臉頰不再紅潤，雙手和臉上幾乎毫無血色，躺在那裡簡直像沒了呼吸。

她周圍的草地大約有直徑三公尺都變得蒼白、枯萎，我了解可怕的事發生了，我大叫：

「阿納絲塔夏！妳怎麼了，阿納絲塔夏？」

她對我的呼喊毫無反應。我抓住她的肩膀，搖著她不再有彈性、如今癱軟的身體。沒有回應——她完全蒼白沒有血色的嘴唇一動也不動。

「妳聽得到嗎，阿納絲塔夏？」

她的眼皮睜開了一點點。失去光彩的眼睛無神地看著我。我抓起裝了水的白蘭地扁瓶，抬起她的下巴，想讓她喝點水，但是她吞不下去。我看著她，著急地想著辦法。

後來她的嘴唇終於稍微動了，她虛弱地說：

「把我移到別的地方……到樹那裡。」

我抱起她癱軟的身體，遠離這一圈蒼白的草地，把她放在最近一棵雪松旁邊。過了一會兒，她逐漸恢復。我問她：「到底發生什麼事了，阿納絲塔夏？」

「我盡量做到你要求我的事，弗拉狄米爾。」她輕輕地說。一分鐘後又說了第二句：「我想我成功了。」

「可是妳看起來糟透了。妳差一點就死了嗎？」

「我違反了自然定律。我干涉了不該干涉的事。這耗去我全部的精力，我很意外它竟然夠用。」

「既然這麼危險妳何必冒這麼大的險？」

「我沒有選擇的餘地。你要我這樣做。我怕我不能完成你的要求，我怕你完全不會再尊重我。你會認為我只會說而已，在實際生活中什麼都做不了，只會說而已。」

她說話時用苦苦哀求的眼神看我，聲音有些顫抖。「但是我沒辦法解釋這怎麼做到的，這個自然機制怎麼運作的。我感覺得到，但沒辦法解釋給你聽，你們科學家可能也沒辦法。」

她低下頭，保持沉默，好像在把力量召喚回來，然後又用可憐兮兮的眼神看著我，說：

「你現在覺得我更像一個瘋子或女巫了。」

那瞬間我有股強烈的衝動，想做些什麼，對她好一點。但是我又能做什麼呢？

我想告訴她，我覺得她是一個正常的普通人，一個聰明漂亮的女人。但是我對她的感覺並不像對一般人那樣，她有直覺，她一定不會相信我。

我突然想到她說她小時候曾祖父常常用一種方式來問候她。白髮蒼蒼的曾祖父會用一隻腳跪在小阿納絲塔夏面前，親吻她的小手。

我用一隻腳跪下來，在阿納絲塔夏面前，拿起她依然蒼白有點冰冷的手，在上面親了一下，說：「假如妳真的不正常，那妳一定是所有不正常的人中，最好、最善良、最聰明、最美麗的一個。」

終於，阿納絲塔夏的嘴恢復了笑意。她用感激的眼神看我，雙頰漸漸轉為紅潤。

「阿納絲塔夏，是妳刻意選的嗎？那些畫面都死氣沈沈。」

「我也想找出一個好的例子，但是我找不到。他們都被憂慮夾得緊緊的，只看到自己的問題，彼此之間幾乎沒有心靈交流。」

「那怎麼辦？除了同情他們，妳還能給他們什麼建議嗎？不過我告訴妳，這些企業家都是很堅強的人。」

「非常堅強，」她同意。「且令人好奇。他們似乎同時過著兩種截然不同的生活。一種只有他們自己知道，甚至連親人也不清楚；另一種是呈現在外給別人看到的樣子。我想，只有他們自己增加彼此之間的心靈交流，誠摯地往來，才有辦法幫助他們。他們需要敞開，追求思想的純潔。」

「阿納絲塔夏，我大概會盡量照妳說的去做。我會試著寫一本書，並將思想純潔的企業家組織起來，不過只能用我理解範圍內的方式。」

「你會遭遇很多困難。我的力量只剩下一點點，不夠用來幫你，它需要長時間的恢復。從現在起，我有一陣子無法用光線看見遠距離外的地方，就連現在，我要用一般的視線看你都很模糊。」

「怎麼了，阿納絲塔夏，妳快瞎了嗎？」

「我想它會恢復的，只可惜有段時間我不能幫你。」

「妳不需要幫我，阿納絲塔夏。為了兒子，照顧好妳自己，去幫別人就好。」

* * *

我必須離開了，我得趕上輪船。我等到阿納絲塔夏至少外表看起來跟之前一樣，就踏上我的小艇。阿納絲塔夏用手扶著船頭，把船推離岸邊。小艇開始跟著水流浮動。

阿納絲塔夏幾乎膝蓋以下都浸在水裡，長裙下擺都濕了，飄在水面上隨波擺動。

我拉了啟動繩，馬達砰砰地發動，打破三天以來我逐漸習以為常的寧靜。小艇猛然往前衝，速度越來越快，遠離岸邊那站在河裡的泰加隱士孤獨的身影。

下一秒，阿納絲塔夏卻突然跳上岸，沿著岸邊追著小艇跑。

她的頭髮迎風飛揚，看起來就像一條彗星的尾巴。她嘗試用非常快的速度跑著，大概用盡全力，想做到這件不可能的事：追上飛快的汽艇。但是這種事，就算是她也做不到。

沿著河岸奔跑的阿納絲塔夏與汽艇之間的距離越來越大。

我對她這種徒勞無功的努力感到遺憾，希望能盡快結束這個令人難過的分離場面，於是我踩緊油門，加足馬力。我腦海裡閃過一個念頭：也許阿納絲塔夏又會覺得我現在是因為害怕她這個人而逃跑。

馬達轟隆隆地使船頭離開水面翹了起來，我們之間的距離在全力衝刺之下越拉越大。

而她……天哪！她在幹嘛？

阿納絲塔夏扯開妨礙她跑步的溼裙子，把扯破的衣物往旁邊一丟。她奔跑的速度加快了，而且令人難以置信的事發生了：她和汽艇之間的距離開始縮短。

我看見她前方有一道陡峭的斜坡，我繼續踩緊已經到底的油門，心想那道斜坡會讓她停下來，就可以趕快結束這個令人難受的場面。

但是阿納絲塔夏繼續往前飛奔，還不時伸出雙手往前探，彷彿在摸索前方的路。

難道她的視力真的變得那麼差，沒看到斜坡嗎？

阿納絲塔夏一點都沒有慢下來，直接跑上斜坡頂端，然後雙腿跪下來，兩手稍微往我的方向在空中舉起來，大聲嘶吼。我在雜亂的水聲和馬達的咆哮聲中聽見她的聲音，那就像是耳語一般：「前面是……淺灘……，淺……灘……，沉……底……材……。」

我迅速回過頭來，在還沒搞清楚狀況下緊急轉了船舵，傾斜的船身還差點進了水。

只見一頭栽在淺灘裡、另一頭稍微露出水面的巨大原木——一般人家說的沉底材——擦過飛快的汽艇。要是直接撞上，它可能早就撞破輕薄的鋁製船底了。

進入較寬的河道後，我回頭看了一下斜坡，小聲地向逐漸縮小成一點，跪在那裡的孤獨身影說：

「謝謝妳，阿納絲塔夏。」

31 阿納絲塔夏妳到底是誰？

船在蘇爾古特等我。船長和團員都在等我的指示。但是我完全沒辦法專心決定接下來的路線，因此我下令繼續停留在蘇爾古特為當地居民舉辦派對，繼續展示商品和提供交易服務。

我的心思都被先前跟阿納絲塔夏在一起的經歷佔滿了。我在店裡買了一堆書，全都是普及科學和描述超自然現象、超能力的書，還有西伯利亞邊疆史。我把自己關在包廂裡，希望從書裡頭找到解釋。

我的內心開始對我們的生活產生一些疑問。其中一點直到今天仍困擾著我——我在想，我們的教育體系和撫養小孩的方式，足以讓每個人瞭解存在的意義嗎？足以讓每個人安排自己的人生、知道什麼對自己來說是最重要的嗎？這個體系幫助了我們、還是妨礙了我們瞭解人的本質與生命目的呢？

我們建立了龐大的教育體系。靠這個體系的基礎——幼稚園、小學、中學、大學、研究所——來教育我們的孩子、教育彼此。這個體系教我們發明、教我們飛上太空。我們遵照它建立人生，利用它創造自己的幸福。

我們努力瞭解宇宙、原子，喜歡用聳動的標題在報紙和科學期刊上描述與討論各種反常的現象。但是不曉得為什麼，有一個現象我們一直在迴避，卯足全力地迴避！我們好像很怕談到它，而我們害怕是因為它能將我們基本的教育體系和科學理論輕而易舉地摧毀，它在嘲笑我們的現實生活！我們老是想要假裝這個現象不存在。但是它存在！而且會一直存在下去，不管我們怎樣忽視它、迴避它。

好好看它一眼的時候到了，不是嗎，而且說不定，我們全體人類也該是時候，好好腦力激盪一番，集合所有人的智識，回答下列問題：為什麼這麼多偉大的思想家，沒有一個例外，在創立多數人所遵循——至少是嘗試著要遵循——宗教與哲學性的教誨之前都是隱士？為什麼他們要隱居起來，待在森林裡？請注意，是森林，而不是某個超級學院。

為什麼舊約聖經中的摩西，退隱歸來向世人揭示刻在石版上的智慧之言前，進入高山曠野如此之久？

為什麼耶穌基督要和他的門徒隔離，一個人進入荒漠、山區和森林？

為什麼西元前六世紀一個名為悉達多．喬達摩的印度男子在森林裡隱居了七年？

隱者悉達多．喬達摩後來離開森林，帶著至今、幾千年後仍撼動無數人心的教誨回到人群裡。人們蓋了許多宏偉的寺廟，並將他的教誨統稱為佛教，後來又稱他為佛陀。

時代距離我們不是那麼遙遠的歷史人物，例如聖賽拉芬．薩洛夫斯基（Serafim Sarovsky）、聖賽吉．拉董尼茲斯基（Sergiy Radonezhsky），為什麼同樣進入森林隱居，並在短時間內獲得高深的智慧，使塵世間的君王不惜跋山涉水，就為了親耳聽取他們的建言？

人們在他們隱居的地點建造修道院和宏偉的教堂。例如至今仍吸引大批民眾參訪、位於莫斯科州賽吉耶夫鎮上的聖三一修道院。而這一切不過從一個森林隱士開始。

為什麼？是誰，是什麼，幫助了這些人使他們悟道？誰賦予他們知識，誰帶領他們深入瞭解生命的本質？他們在森林隱居時，過著什麼樣的生活、做些什麼、思考些什麼？是誰教他們的？

這些疑問，在我碰見阿納絲塔夏不久後一一浮現。我開始查閱有關隱士的資料，能到手的我都翻遍了，依然沒有找到答案。為什麼他們隱居的生活經歷都沒有被寫出來呢？

我認為我們需要一起找出答案。現在我嘗試著把我在西伯利亞泰加林，和阿納絲塔夏相處的三天內所發生的事，以及我自己的感覺，盡可能描述出來，期盼有人可以理解構成這些現象的要素是什麼，進一步認清我們的生活模式。

據我所見所聞，目前只有一點是確定的：那些隱居在森林裡的人，包括阿納絲塔夏，他們看待我們整個生活的角度和我們不太一樣。阿納絲塔夏有些觀念甚至跟一般人的普遍認知有一百八十度的差異。誰比較接近真相？又有誰能評斷？

我的任務只是把我所見所聞記錄下來，並不提供答案——我把這個機會交給別人。

此外，我也很想知道，因為想要幫助鄉下女孩而喊著「我愛你，弗拉狄米爾！」的阿納絲塔夏，是否真的因此就對我產生了情感。

為什麼這樣簡單的一句話，我們說起來往往不帶著應有或足夠的情感，卻超越了年齡和不同生活觀點的差距，對阿納絲塔夏產生了影響？

我在普及科學的書裡找不到答案。接著我拿起聖經，發現答案就在那裡。約翰福音一開頭就說：「太初有道，道與神同在，道就是神。」（In the beginning was the Word, and the Word was with God, and the Word was God.）

這本神奇的書！一次又一次，它簡潔又精準的詮釋令我驚訝地說不出話來。

這下清楚多了。不懂得狡詐欺瞞的阿納絲塔夏，她的話都不是隨便說說的。我還記得她曾經說過：「我忘了一句話不可能只是單純地說出來，它背後一定包含感情、意識與真實可信的自然訊息。」

噢，天哪！！！她怎麼這麼不幸！為什麼偏偏對我說了這句話？我年紀不輕了，是個有家室的人，而且飽受我們那個世界諸多誘惑——就像她說的，那些毀滅性、黑暗的誘惑。像她這樣心地純潔的人值得配上完全不同的人。可是誰會愛上生活方式、思考邏輯、聰明才智都如此特別的她呢？

她第一眼看起來是個普通女孩，只不過特別漂亮有吸引力，但是只要你跟她相處，你就會發現，她彷彿是另一種不存在理性範圍內的生物。也許我之所以有這種感覺是因為我沒有足夠的知識，也不夠了解我們的生命本質。其他人可能對她有完全不同的看法。

我記得我離開的時候完全沒有想要親她或抱她的意思。我不知道她是不是想要我這麼做。她到底想要什麼呢？

我記得她跟我談到她的夢想。她的愛真是一種奇怪的哲學：為了幫助企業家，要為企業家成立友誼互助的團體；要把她的想法寫成書給大家；要讓大家穿越黑暗力量時光。

而且她深信不疑！她相信這一切都會成真。我人也滿好的，還答應她試著為企業家成立友誼互助的團體，試著寫書。現在她大概對這抱著更大的期望了。她應該想一些比較簡單，實際一點的東西才是。

我深深同情起阿納絲塔夏。我想到她待在森林裡等待美夢一一實現的樣子。如果她只是等待，只是做做白日夢還好，但是她很有可能已經開始採取行動，不斷發射她那美好的光線，將她內心的巨大能量一點一滴地消耗掉，並且堅持相信不可能發生的事。雖然她已經把她的光線能力展現給我看，也試著解釋過了，我的理智依然拒絕接受那是真實存在的東西。

請各位自行判斷——她說她把光線照向別人，將看不見的光照在那個人身上，然後把她滿懷熱烈的美好與光明傳送給那個人。

「不，不是這樣的，別以為我在干涉別人的精神狀態，或是入侵他的心智。人有拒絕或接受的自由，至於到什麼程度，就看他自己的喜好、有沒有合乎他的心意，還有他可以容納得下多少。這個時候，他的氣色也會變得比較亮，疾病會從他身上減少或完全消失。祖父和曾祖父有這種能力，而這種能力，我也一直都有。小時候，曾祖父跟我玩的時候教過我。不過現在我的光線已經比祖父和曾祖父強了好幾倍，他們說，那是因為我心中產生一種叫做愛的特殊情感。它光彩奪目，甚至有點灼熱，我心裡滿滿都是，我想要把它送出去。」

「送給誰呀，阿納絲塔夏？」我問。

「給你，給大家，給所有願意接受的人。我希望每個人都感覺到美好。等你開始如我夢想般行動，我會把這些人帶到你面前，然後你們一起……」

想起她的臉，想起這一切，我突然覺得自己實在沒辦法不幫她完成這個願望，至少也要試試看，否則我會因為揣測不安而折磨一輩子，認為自己背叛了阿納絲塔夏的夢。雖然她的夢不是很實際，但是她這麼殷勤地期盼它可以實現。

我下定決心，要輪船直接開回新西伯利亞。

我把卸貨和拆除展覽設備的工作交給我公司的總經理。盡量跟我太太做了交代之後我就隻身前往莫斯科。

我去莫斯科，為了實現——至少實現一部分——阿納絲塔夏的夢。

未完待續……

後記

第一本書推出時，我是自己在地鐵站販售的。書店、書商都不要它，因為作者名不見經傳，而且他們對這主題不感興趣。然而，書賣出去了，書店開始進貨，出版社爭相搶著代理，書本發行以後，讀者的信件開始如雪花般飛來。詩——不斷在信裡出現。緊接而來的，還有吟遊歌者的歌曲、藝術家的畫作。相當不可思議，阿納絲塔夏的話語以一種超乎尋常的方式影響著人心。我繼續跟阿納絲塔夏碰面，如今已寫下了十本書。還有一本讀者的創作，集結了他們的信件和詩作，名為《俄羅斯靈魂在阿納絲塔夏的光線中鳴響歌唱（暫譯）》。

我們續集中再會！

弗拉狄米爾·米格烈

弗拉狄米爾・米格烈致各位讀者

目前網路上有許多網頁內容，主要在宣揚與《鳴響雪松》系列主角阿納絲塔夏類似的思想。

其中不少網站冒用我的姓名「弗拉狄米爾・米格烈」（Vladimir Megre），聲稱自己是官方網站，並以我的名義回覆讀者來信。

就此我認為有必要告知各位敬愛的讀者，我決定自己設立國際官方網站 www.vmegre.com。這是唯一的官方窗口，負責接收來自世界各地、不同語言地區的讀者來信。只要您訂閱此網站內容，並註冊為會員，就能收到日後舉行讀者見面會的日期與地點，以及其他相關訊息。

我們網站將為各位敬愛的讀者統一發佈《鳴響雪松》在世界各地的最新消息。

弗拉狄米爾・米格烈

一名俄羅斯讀者建造的蜂巢。參考第12章。

弗拉狄米爾・米格烈在西伯利亞鄂畢河上的航行路線圖。
參考第2章及第31章。

西伯利亞泰加林

西伯利亞雪松